DU MÊME AUTEUR

Aux Éditions Gallimard

L'ÉQUILIBRE DES REQUINS

LE LENT SOURIRE

LE PAYS QUE J'AIME

Du monde entier

CATERINA BONVICINI

LES FEMMES DE

roman

Traduit de l'italien
par Lise Caillat

nrf

GALLIMARD

Titre original :

TUTTE LE DONNE DI

À Lea Mattarella et Ceschino Montanari.
Et à mes Briganti :
Luisa, Caterina et Giuliano.

Pour cette obstination tordue
au bonheur, nous perdus
ici à grimacer, gesticuler,
à feindre la perte
de ce qui n'a jamais été,
qui certainement ne sera jamais.

PATRIZIA CAVALLI

Les femmes de

Lucrezia, 89 ans (*La mère de*)
Ada, 61 ans (*L'ex-femme de*)
Francesca, 57 ans (*La sœur de*)
Cristina, 46 ans (*La femme de*)
Paoletta, 33 ans (*La fille aînée de*)
Camilla, 26 ans (*La maîtresse de*)
Giulia, 16 ans (*La fille cadette de*)

I

NOËL

1

CAMILLA

(La maîtresse de)

C'est vrai, tu n'y avais jamais pensé, à l'huile. Au fait qu'elle pouvait être amère ou fruitée, par exemple. *Équilibrée* même – une huile *équilibrée* ? – et venir d'Ombrie ou des Pouilles ou de Toscane. Pour toi, jusqu'alors, l'huile c'était simplement une bouteille un peu visqueuse, posée dans la cuisine, qui laissait des auréoles à nettoyer. Ta mère devenait hystérique quand tu utilisais l'éponge humidifiée avec de l'eau. Surtout pas. Pour dégraisser une surface lavable, il faut utiliser de l'eau et de l'ammoniaque, vaporisées sur un essuie-tout. Et tu soupirais. Pourquoi pas juste un peu d'eau ? Mais tu t'apprêtais à sortir avec ton petit ami, il y avait une fête en jeu et tu espérais décrocher une autorisation spéciale pour rentrer tard, alors tu n'insistais pas. D'accord, je nettoie le plan de travail – souillé par une huile d'olive achetée au supermarché, en gros bidons vendus en promotion, pleine de défauts organoleptiques et aux paramètres physico-chimiques critiques, en clair tout sauf extra-vierge (mais tu ne t'en souciais pas encore) – et, avec ce stupide spray à l'ammoniaque en main, tu essayais juste de faire ça vite. Je n'utilise pas d'éponge ni d'eau du robinet, d'accord. Quel âge avais-tu ? Dix-neuf ? Comme c'était bien d'avoir dix-neuf ans.

Tu n'en as pas beaucoup plus aujourd'hui. Mais sept ans, ça fait la différence. Un peu parce que, à ton âge, on vieillit comme les chiens. Et aussi parce que tu y as mis du tien : tu t'es installée à Milan, tu as eu ton diplôme, tu as trouvé du travail, et quelques amants. Bien sûr, tu es encore gauche – et cette huile fruitée vient de te le rappeler –, cependant, tu es la seule à savoir combien tu as progressé.

Pour commencer, c'est le dîner de Noël et tu n'es pas chez toi. Avec l'excuse d'avoir beaucoup de travail, tu n'es pas rentrée pour les vacances. Un sourire t'échappe. Tu es trop immature pour savoir que le lapin que tu as posé à ta famille n'est pas une victoire à célébrer, surtout si tu as atterri dans une autre.

En outre, ce sourire t'échappe au mauvais moment. Car la femme assise en face de toi explique qu'en réalité il existe une huile *bien meilleure.*

« J'aurais pu vous en offrir quelques bouteilles. Quelle idiote, je n'y ai pas pensé. Bon, la prochaine fois. »

À tes yeux, c'est merveilleux qu'il existe une huile meilleure (même si tu n'as pas encore compris ce que celle-ci a de vraiment spécial) mais ton sourire satisfait risque de blesser la maîtresse de maison, qui ne sourit pas du tout.

« Merci Ada, répond Cristina un peu froidement, je suis toujours à la recherche d'une bonne huile d'olive, tu es un *trésor.* » Et elle prononce le mot *trésor* comme on prononce sorcière, charogne ou grosse conne.

Tu es fascinée par cette intonation. Tu n'es sans doute pas une experte en saveurs, car tu as toujours mangé ce qui se présentait, mais tu n'es clairement pas dupe des jeux de pouvoir, ou d'humiliation. Tu fonctionnes par intuition – ou par maladresses illuminatrices – et tu as saisi rapidement tout ce qu'il y avait à saisir. Il paraît que les gens raffinés se font du mal ainsi : avec beaucoup de gentillesse. *Comme si c'était un cadeau.*

En quelques secondes, tu décides de défendre la personne qui t'a invitée. Il faut dire que ça t'arrange, tu dois te la mettre dans la poche. Tu t'aperçois que, toi aussi, tu es hypocrite, très hypocrite, mais cette découverte ne te trouble pas. Tu es davantage contrariée de n'être pas capable d'une hypocrisie élégante comme la leur. Tu t'en rends compte trop tard, quand tu dis : « C'est la meilleure huile d'olive que j'aie jamais goûtée ! »

Personne ne semble relever, les autres feignent de n'avoir rien entendu. Y compris Cristina, qui balaie tes paroles exactement comme les précédentes, en te tendant un plat ovale. La coppa achetée à Piacenza, la bresaola ramenée de la Valteline, le *culatello* offert par un ami de Parme. Pourquoi faut-il toujours annoncer la provenance des aliments ? On se croirait à la douane.

« Tu en veux encore, Camilla ? »

Tu deviens nerveuse, toute cette mythologie de la nourriture est agaçante. C'est la nourriture qui nous dévore désormais, nous et nos pensées, le contraire n'est qu'apparence. Alors, tu lèves le menton et regardes les autres avec ironie.

« Non, merci. Tout est très bon, vraiment très bon, mais non. Merci. »

Maintenant cela ne te pose plus de problème d'être trop jeune pour savoir tout ce qu'ils savent. D'un coup, tu es très contente d'avoir vingt-six ans. Parce que tu es consciente qu'à ton âge on a une grande chance : on peut se contenter de regarder, ce n'est pas nécessaire d'ouvrir la bouche. Nul ne prétend que tu sois à la hauteur de la conversation. Quelle hauteur, du reste ? Quelle conversation ? Franchement, de la part de gens comme eux, tu t'attendais à mieux.

En fin de compte, ils parlent d'*huile*. Tu souris à nouveau et tu t'en moques que ce soit le bon moment ou non. Merde à l'huile d'olive et à toutes ses propriétés. S'ils y tiennent, tu peux apporter ta contribution en lançant un débat sur la vaseline. Tu étires la lèvre en un petit rictus, comme un tic. Je m'en fiche qu'elle soit amère ou fruitée. Puis tu te rappelles que tu es là uniquement parce que quelqu'un se fiche de toi.

« Mon mari est toujours en retard, désolée, dit Cristina en se levant à nouveau, je vais peut-être faire préparer l'entrée quand même. Il mangera son risotto réchauffé, tant pis. » Elle court vers la porte de la cuisine : « Rashmi ? Vous pouvez commencer à faire revenir les poireaux. Souvenez-vous qu'à la fin on ne veut pas le beurre, hein ? Le parmesan suffit pour lier, merci. »

Tu passes en revue les femmes assises à table avec toi – toutes à secouer la tête en s'écriant Non, voyons, attendons – puis tu regardes la place vide, l'assiette propre et la serviette encore pliée. Mais où est Vittorio ?

Cette attente est usante, aussi parce que tu ignores quelle sera sa réaction quand il te verra là. Hélas, tu t'es aperçue que l'initiative venait de sa femme et non de lui – et surtout qu'il ne savait rien de cette invitation – seulement à 20 heures. Lorsque tu es entrée avec un panettone encore tiède dans les mains (un panettone dont le prix approchait le montant de ta facture d'électricité) et que Cristina a attrapé ton manteau, en disant : « Donne donc, *ma chère*, je vais le suspendre. Vittorio n'est pas encore arrivé, mais il sera ravi de te trouver là, tu vas voir. Tu lui mets du baume au cœur. »

Et maintenant, au bout d'une heure et demie, tandis que la maîtresse de maison s'agite, tu te sens comme une larve. Tu imagines que Vittorio a taillé la route pour le réveillon de Noël à cause de toi. Il a su que tu te trouvais là, assise entre sa mère et sa fille, en face de sa sœur, et il cherche une excuse pour ne pas venir. Tu as vraiment fait une erreur, tu n'aurais jamais dû accepter. Mais voilà, c'est trop tard, tu ne peux que rester à ta place et te comporter en personne éduquée. En essayant d'échanger quelques mots avec tes voisines, même si ce n'est pas facile.

La fille cadette de Vittorio serait la plus abordable, vu ses seize ans. Sauf qu'il est impossible de communiquer avec elle. Accrochée à son téléphone portable, qu'elle garde sur ses genoux, sous la nappe, elle n'est présente que sur WhatsApp. Si tu tentes de lui parler, Giulia te répond sommairement, en te faisant comprendre que tu la déranges.

« J'ai redoublé, maintenant je suis dans un lycée privé.

— Ah oui ? Lequel ? »

Tu ne connais pas les lycées de Milan, tu fais semblant. C'est vrai, pour toi tous les établissements se valent. Giulia marmonne un nom que tu ne comprends pas, sans lever les yeux de son écran. Fin de la conversation.

Du reste, avec la mère de Vittorio c'est pire. Non seulement parce que Lucrezia est un peu sourde, mais aussi parce qu'elle te traite comme une adolescente autiste, genre sa petite-fille. Elle s'est poliment adressée à toi une fois, pour te demander de lui lire un message sur son téléphone. Elle n'en était pas capable.

« C'est écrit "meilleurs vœux", madame. Juste meilleurs vœux.

— Meilleurs vœux de la part de qui ?

— Je ne sais pas, madame. Le numéro n'est pas enregistré dans votre répertoire.

— Bah, peu importe. Quel ennui, ces vœux. »

En revanche, la sœur de Vittorio t'asphyxie. C'est toi,

cette fois, qui évites le dialogue, sans quoi tu serais réduite définitivement au silence.

« Alors tu n'es plus *stagiaire*, dit-elle.

— Non, madame.

— Ils t'ont embauchée ?

— Pas encore, madame. Pour le moment, j'ai un contrat à durée déterminée, réponds-tu, patiente, bien que tu n'en puisses plus de cet interrogatoire.

— Donc tu corriges des épreuves ? Moi aussi j'en ai corrigé plein pour mon frère », ajoute-t-elle en riant, tout en renversant sa main derrière son oreille avec un élan du poignet.

Elle t'agace pour de bon, désormais. On dirait qu'elle cherche par tous les moyens à te rabaisser.

« Non, madame. Je ne suis pas à l'éditorial, je travaille au service de presse.

— Ah, je comprends – Francesca semble enfin satisfaite –, tu es *RP*. »

Tu te tournes et la regardes. Tu n'avais pas entendu ce sigle depuis des siècles. *RP*. Deux lettres qui te fascinaient quand tu étais petite. Une amie de ta mère utilisait toujours ce terme pour parler de femmes parties à Milan et qui, là-bas, étaient devenues des pas grand-chose. Elles sont *RP*, tu sais. Tu n'avais pas compris qu'elles s'occupaient des relations publiques, tu étais convaincue qu'il s'agissait de l'abréviation d'un vilain mot – prostituées ? – et que ta mère et son amie s'en tenaient aux initiales pour ne pas dire de grossièretés devant toi. Tu imaginais un tas de choses sur ces *RP*, sans doute un peu perdues, qui toutefois avaient eu le courage de quitter leur village. Pour aller à Milan. Quelle chance.

« Je suis en contact avec les journalistes, oui, j'accompagne les auteurs dans leurs tournées de promotion, j'organise les présentations.

— Et tu as *accompagné* Vittorio aussi ? »

Est-ce qu'elle tente d'utiliser le verbe de manière équivoque ? Comme si tu étais une *accompagnatrice* – encore un terme tombé en désuétude, incroyable. Sur le moment, tu es stupéfaite. Où veut-elle en venir ? Elle attend que tu lui dises que Vittorio t'a recommandée ? Ce n'est même pas vrai. Ce poste, tu ne l'as pas obtenu en couchant avec son frère, tu l'as obtenu en couchant avec un autre.

Avec le directeur éditorial, plus précisément. Un beau quadra, très marié, naturellement, qui a posé les yeux sur toi dès que tu as mis les pieds dans la maison d'édition. Un café en amenant un autre, ça arrive. Mais la caféine est mauvaise pour le cœur et les nerfs, alors on passe à l'apéritif, au moins ça détend. Sauf que boire l'estomac vide fait tourner la tête, on risque d'avoir des gestes inconsidérés, un dîner devient donc légitime. Au bout de six mois de stage, les autres filles devaient aller chercher du travail ailleurs, toi non. Ils avaient justement besoin de quelqu'un au service de presse pour un remplacement de congé maternité.

Vittorio, pour toi, ce n'est vraiment pas un bon plan. Tu risques même de subir des représailles, si l'histoire se sait. À cause de lui, tu pourrais ne jamais obtenir un contrat à durée indéterminée. Francesca l'ignore peut-être, mais Vittorio n'est plus en mesure de recommander personne. Ada l'a épousé quand il n'était qu'un étudiant, Cristina le lui a volé dès qu'il est devenu célèbre et tu l'as récupéré quand il est tombé en disgrâce. Tu ris seule, un instant – tu es une éternelle masochiste : une masochiste sentimentale –, puis tu réponds.

« Oui, j'ai *accompagné* Vittorio. Je l'ai accompagné *plein de fois.* »

Tu t'aperçois alors que quelqu'un te fixe. Tu tournes la tête et croises le regard de la fille aînée de Vittorio. Paoletta est la seule à n'avoir pas même fait l'effort d'une formule de politesse. Pas un Joyeux Noël. Rien.

La voilà qui demande : « Mais vous êtes sûres que papa se rappelle que c'est le dîner de Noël, aujourd'hui ? Si ça se trouve il est allé dîner avec un ami, on le connaît. »

Chœur d'éclats de rire, elle est bien bonne celle-là. Chœur de négations et, dans la négation, elles sont toutes soudées.

Ada est celle qui t'effraie le plus. Ex-femme dominante – mais c'est une sacrée compétition de dominatrices, ici –, mère de Paoletta, elle s'est arrogé, après son divorce, le rôle de la meilleure amie. Et impossible de la détrôner. Vittorio lui raconte tout, même ses histoires clandestines. À la façon dont elle te regarde – elle se trouve en bout de table – tu comprends parfaitement qu'il lui a parlé de toi aussi.

« Son téléphone est toujours éteint, dit Cristina, qui ne parvient pas à rester assise. Je ne comprends pas. »

Tu baisses les yeux. Et tends une main pour attraper l'huile. Tout le monde en met sur son pain, toi aussi tu commences à avoir faim. Tu croyais que saucer son assiette était malpoli, mais avec de l'huile haut de gamme apparemment ça se fait. Ne surtout pas nettoyer un reste de sauce, mais effacer un filet de liquide vert avec de la mie de pain, aucun problème. Tu peux en faire disparaître la moindre trace.

2

GIULIA

(La fille cadette de)

« Giulia, lâche ce téléphone ! Au moins le soir de Noël, s'il te plaît. *Reste avec nous*, merci. »

Je ne réponds pas. J'envoie juste un dernier message, avant de cacher mon portable dans ma serviette.

Couvre-feu 😱 peux plus tchatter 😫 les boules 😬 T'écris + tard

Je la plains, ma mère. Quelle poissarde. Je suis presque contente d'avoir été élue Miss Sucette de l'année, c'est toujours mieux que de finir comme elle. Elle n'a pas compris que personne n'avait envie de venir ici. Ada préférait passer les fêtes à Paris et elle l'a obligée à changer ses billets d'avion. Le tyran habituel. Ma sœur, pour endurer la soirée, a dû s'abrutir de calmants avant de sortir : elle s'endort à table. Et grand-mère a dû renoncer au concert de Noël (« À mon âge on écoute plus volontiers de la musique que les méchancetés qu'on se balance en famille », a-t-elle murmuré en entrant). La seule à se réjouir de cette initiative, c'est naturellement tante Chicca. Elle est pire que ma mère, celle-là.

Je ne supporte pas les femmes qui vivent pour dire *Si-je-n'étais-pas-là*. Maman est tellement pathétique qu'elle a invité *l'autre, là-bas*. Elle prétend même gérer les plans cul de mon père. Dès qu'elle devine qu'il a une maîtresse, elle l'invite à dîner. Il faut qu'elle contrôle tout.

Ma mère est du genre à prendre le téléphone de papa pour répondre à sa place. Moi, ça me rend folle : Si j'ai composé *son* numéro, je voulais évidemment parler *avec lui*, pas *avec toi*. Mais elle ne m'écoute pas.

Tu as toujours l'impression d'être à la douane. Je le lui ai dit, une fois, Tu n'es pas une femme, tu es une douane. Pour avoir une relation avec papa, il faut te payer un droit. Mais elle ne comprend pas, elle répond que je suis méchante. Elle se plaint ensuite que son mari s'échappe. Si je n'avais pas seize ans, je m'échapperais aussi.

En fait, je ne suis pas du tout surprise de cette absence. D'abord, mon père est tout à fait capable d'avoir complètement oublié qu'aujourd'hui on est le 24 décembre, ma sœur a raison. À mon avis, il est en train de prendre l'apéritif chez Cucchi, et il se souviendra du dîner seulement quand la personne qui l'accompagne, en se levant et en le remerciant pour les trois tournées de spritz, lui dira Bon, joyeux Noël ! « Oh, merde », dira-t-il alors, en se donnant une tape sur le front.

Moi aussi j'éteindrais volontiers mon portable, si je pouvais. Pour qu'on ne me retrouve jamais. Mais je ne peux pas. Parce que Francy mène l'enquête, et peut-être qu'elle a découvert qui m'a demandé sur Ask *C'est vrai que tu as été élue Miss Sucette de l'année ?* Il m'a askée en anonyme, le connard (ou la connasse). J'ai passé un après-midi à chercher quoi répondre, et j'ai trouvé : *Comme le prouve cette victoire, il n'y a pas que la beauté POSTÉRIEURE qui compte.* Ça a beaucoup plu, j'ai reçu une avalanche de *like* et plein de compliments.

Je baisse le nez un moment, de toute façon grand-mère me cache, et je me remets à tchatter.

Des nouvelles de Scotland Yard ??? 😎😎😎
Marty dit que c Gian parce que lui, tu l'as pas sucé 🙄
Son machin était introuvable : tu peux transmettre 🔍😜😝
Ahahah. T la numéro 1 🏆 *love u* 🖤👏

« Giulia ? Tu as décidé ce que tu vas faire à l'université ?

— Tata, il me reste quatre ans, tu oublies peut-être que j'ai redoublé. »

Je comprends pourquoi mon cousin est allé étudier aux États-Unis et pourquoi il trouve toujours une excuse pour ne jamais rentrer à Milan, même pour Noël. Sa mère était trop sur son dos, seul l'Atlantique pouvait le sauver. Je comprends aussi pourquoi son mari s'est suicidé. Et dire qu'elle enseigne la psychologie à la fac, Chicca : elle ne s'est pas aperçue que tonton Piero était déprimé, ni qu'il allait se pendre dans la salle de bains. La pauvre. Elle aussi, une sacrée poissarde.

« Tu dois bien avoir un rêve, trésor, une passion. »

Elle insiste. Bon sang qu'elle est lourde. Oui, tata, *je rêve* d'être Escort (il faut une majuscule ?). Je pourrais lui répondre ça. Les pipes, c'est ma *passion* tata. Et ce talent est déjà largement reconnu car je suis la plus jeune Miss Sucette du lycée. Une *enfant prodige**[1], dirait cette snobinarde d'Ada.

Ah, voilà le risotto. Elles se sont enfin décidées, je crève la dalle. De toute façon, papa n'est pas près d'arriver. Il va se pointer à 23 heures avec une de ses histoires absurdes.

1. Les mots ou expressions en italique suivis d'un astérisque sont en français dans le texte. *(Toutes les notes sont de la traductrice.)*

Une histoire de romancier, comme dit maman, qui l'excuse toujours. De menteur, plutôt. Mais elle préfère voir les choses ainsi. Oups, ma serviette clignote.

Dernières nouvelles ! 📢 Greta pense que c Lorenza mais elle m'a fait jurer de ne pas te le dire 🙈🙉🙊
Elle est jalouse parce que le titre de Miss Cul Défoncé n'existe pas ??? 👑💃🎉
Ahahah 😂😂😂

Ma mère tend le bras. Merde, elle veut que je lui donne mon téléphone. Nooon.

« Giulia, je t'avais dit d'arrêter avec ce téléphone !

— Non, je t'en prie, non.

— Donne-le-moi, allez.

— Maman, s'il te plaît. Mes amis m'envoient *leurs vœux...* »

Elle me l'arrache des mains et le met dans sa poche. Elle veut la guerre, parfait. Je me lève de table d'un bond. Je vais aller m'enfermer dans ma chambre. À clé. Et je vais allumer l'ordinateur, comme ça le problème sera résolu. Mais elle me court après et m'attrape le bras avant que j'atteigne le couloir. Je sais très bien qu'elle ne cherche pas l'affrontement physique : elle ne peut pas montrer à tout le monde ce qui se passe à la maison. On en vient de temps en temps aux mains *en privé*. Ce sont des choses qui arrivent même dans les meilleures familles. Cependant maman n'a pas envie que ça se sache.

Une fois elle m'a collé un œil au beurre noir, puis elle m'a soignée avec un steak surgelé pour ne pas éveiller les soupçons de la pharmacienne. Au moins de l'arnica, avais-je dit. Mais elle secouait la tête : Dieu sait ce qu'ils vont penser après. Une autre fois, pendant une altercation, je lui ai cassé le poignet sans faire exprès, et elle n'est même pas allée aux urgences. Elle affirmait qu'il était juste foulé, qu'il suffisait d'un peu de glace. Quand le temps est changeant, ça lui fait encore mal.

Maintenant elle crie, parce qu'elle veut qu'on l'entende. Maman adore jouer la *victime*. Celle-qui-se-sacrifie-pour-tous.

« Tu veux *aussi* gâcher mon dîner de Noël, Giulia ? »

Là, c'en est trop.

« Moi ? Moi ? Et papa qui n'arrive pas ? »

Silence. Dans le couloir, comme dans la salle à manger. Stop, j'arrête de m'acharner. Je retourne à table et finis mon risotto. Et je prends le portable de grand-mère. Avec l'excuse de l'aider à lire ses messages, je peux rester connectée. Si j'efface tout de suite mes échanges, personne ne s'en apercevra.

Écris-moi sur ce tel. Le mien = confisqué, pas sur WhatsApp, c'est une vieille carcasse pour aveugles
Tel de ki ?
Grand-mère :)
TROP FORTE. Love u
Miss Sucette a plein de ressources LOL mais va droit au but sinon je vais me faire choper
Je viens de parler avec Matteo : il soupçonne ton ex. D'où l'anonymat… Toujours aussi trouillard et couille molle
Quel ex ???
Idiote… LUI

Ça me fait un peu mal, j'avoue. Grand-mère me caresse avec beaucoup de compassion.

« Allons, ma puce, ne sois pas triste. Tu vas voir, papa sera bientôt là. »

Qu'est-ce qu'on en a à faire de papa. En ce qui me concerne, il peut bien rentrer au nouvel an. Est-ce que ça pourrait être LUI alors ? Je ne dois pas pleurer, non. Je crois qu'il faut que j'aille aux toilettes.

Sois pas radine, écris-moi, je suis aux chiottes pendant 5 min, je peux parler
Plus de crédit
C pas vrai, connasse
OK, dsl : G encore 10 €, mais je dois tenir jusqu'à la rentrée. De toute façon j'ai pas d'autres news, je te jure. @+
@+ que dalle !
Eh, calmos
Ça pourrait aussi être la salope avec laquelle il est sorti à la soirée d'Halloween
C'est sûrement son idée : elle est graaave méchante, tu sais. Elle est capable de tout celle-là. Elle a vendu les meubles de sa chambre sur eBay pour acheter son iPhone, imagine la gueule de ses parents
Pas bête, cela dit. Là je dois vraiment te laisser : kdos, sapin, etc. Love +++
Sac à main ???
J'espère, mais mes parents sont super nrv par mon bulletin. Peut-être punie
Dis-moi si Prada ou pas. Love u. BFF
Mais ton père ???
Missing

« Giulia, trésor, tout va bien ? »

Pour que ma mère me foute la paix, je devrais me construire un bunker. Elle ne te laisse aucun répit, même pas aux toilettes.

« J'arrive. Je fais pipi. »

Tandis que je traverse le couloir, le téléphone de grand-mère toujours à la main, je vois arriver un message de papa. Étrange. Il écrit à la seule personne qui ne sait pas utiliser son portable ? Je l'ouvre, en imaginant quelque chose du genre *Le 24/12/14 à 23:44, ce correspondant a cherché à vous joindre 1 fois sans laisser de message*. En fait non. Je lis : *Excusez-moi. J'ai besoin de prendre une année sabbatique loin de mon travail et de ma vie.*

Je retourne, blême, dans la salle à manger : « J'ai des *news*. »

3

PAOLETTA

(La fille aînée de)

Milan est si farouchement bourgeoise. Même les immigrés prennent un air bourgeois, ici. Les Philippines sont plus conformistes que les *sciure*[1] pour qui elles travaillent, et n'importe quelle poule slave sait manier l'euphémisme. Mon père taille la route le soir de Noël et on poursuit élégamment comme si de rien n'était. Derrière la formidable mythologie qui justifie la contenance – stoïcisme, éducation, dignité – se cache une foutue peur des viscères, ce machin entortillé qu'il convient de cacher dans un ventre, plat si possible.

On savait que cette bouffonnerie organisée par Cristina n'aurait pas l'issue qu'elle espérait, mais personne ne s'attendait à un dîner avec un fantôme. J'ai du mal à cacher mon admiration : papa s'est surpassé, sur ce coup-là. Cette fois, il a vraiment fait les choses en grand, peut-être que sa femme ne cherchera plus à s'emparer de toutes les fêtes du calendrier. Rendons grâce au *Libérateur* (ou au *Libéré*). *Alléluia, alléluia.* Enfin, le mâle s'est rebellé.

Allez savoir où il est. Peut-être que sa maîtresse le sait. Je la regarde, mais Camilla m'évite, elle garde les yeux baissés.

1. Femmes mariées (dialecte milanais).

Surtout après l'annonce. Cristina aussi est plutôt désarçonnée. En prenant la petite en otage, elle pensait être tranquille. Apparemment, cette mesure préventive n'a pas suffi.

Ma mère s'amuse d'autant plus, je la connais bien. Elle est finalement contente de ne pas être allée à Paris, elle ne pouvait pas manquer une telle scène. Et l'acmé de son amusement, c'est ma tante qui est en train de le lui offrir, en voulant appeler la police.

« Ada, moi j'appelle le 15. »

Et ma mère de répondre : « Ça, c'est le Samu, Chicca. J'ai l'impression que tout le monde va bien ici, même s'il n'est pas là.

— Le 17, je veux dire, bredouille l'autre, peut-être que des *Roumains* l'ont agressé et lui ont volé son portable. »

Maman rit tellement qu'elle en a les larmes aux yeux.

« Et *ils s'excusent* ? Ils parlent d'*année sabbatique* ? »

Pendant ce temps, on apporte le bar en croûte de sel car cette ville farouchement bourgeoise fait tout ce qui doit se faire, selon le programme, et peu importe si le monde s'écroule. Après le risotto, il faut servir le bar. Que le bar soit.

Grand-mère, nullement préoccupée, se sert la première. Comme elle est un peu sourde, on se demande tous si elle a compris ou non ce qui se passe. Giulia tâte le terrain, mais elle est imperturbable.

« C'est vrai, je ne sais pas lire les messages sur mon téléphone, répond-elle, mais ce n'est pas si important. Visiblement, mon fils voulait me le dire *à moi*. »

La mamma reste la mamma, attention. Nous rions en chœur.

« Espérons qu'il te dise aussi où il se trouve », commente Cristina.

Mais grand-mère ne plaisante pas : « Il me semble que Vittorio n'a aucune envie qu'on le rejoigne. »

Silence. Elle a quatre-vingt-neuf ans et elle ne veut pas entendre parler d'aide, même pas lorsqu'il s'agit de monter sur un bateau. Quand elle s'est fait arracher son sac, il y a un mois, elle a poursuivi le voleur. Et, le 7 janvier, à 9 heures tapantes, elle enregistrera son bagage sur un vol intercontinental parce qu'elle rénove un appartement à Tel Aviv. Mais lorsqu'il s'agit de profiter des vrais avantages de la vieillesse – par exemple de la liberté de dire tout ce qu'on pense sans censure –, elle n'hésite jamais.

On n'entend désormais que le tintement des couverts. Les pommes de terre rissolées circulent. Les pommes de terre prévues pour cette heure-là, pour ce jour-là. Que les patates soient.

J'attends de voir si elles auront le courage d'ouvrir les cadeaux. Cristina est capable de nous obliger à suivre la procédure jusqu'au bout. *Pour Giulia*, naturellement. Bien que ma sœur s'en fiche : profitant de la confusion, elle a déjà récupéré son portable confisqué et s'est remise à tchatter. Elle ne nous écoute même pas.

Ma tante, toujours tragique, murmure quelque chose à l'oreille de ma mère qui, à nouveau, éclate d'un rire bruyant.

« Mais quel suicide ? »

Maman, comme d'habitude, n'est pas très sensible. Si on évoque un suicide, elle pense tout de suite à Pavese ou à Morselli, pas au mari de Francesca. Elle ne s'est même pas rendu compte de sa gaffe.

Entre-temps, Camilla est devenue définitivement muette. Ça lui apprendra à manquer de respect aux gens. Quel âge a-t-elle ? Sans doute six ou sept ans de moins que moi. En tout cas, elle fait vraiment très jeune, on dirait une copine de Giulia. Papa cherche peut-être des gamines pour ne pas laisser une énième femme l'écraser. Qui sait.

Moi, en tout cas, je me lève, je salue tout le monde et je rentre chez moi. Pas envie de panettone. Je préfère boire une petite grappa sur mon balcon, en observant l'eau trouble du Naviglio. D'ailleurs, il va neiger, paraît-il, et je suis à vélo.

« Paoletta, où vas-tu ? Et le dessert ? »

Je le savais. Cristina ne lâche rien.

« Je suis un peu fatiguée, j'ai une grosse journée demain. »

Ma mère m'embrasse et me dit de rentrer tranquille, qu'elle se charge de raccompagner ma grand-mère. Pas un mot sur la soirée, comme si tout était parfaitement normal. Elle m'informe qu'elle partira à Paris le 26.

« Ne reste pas seule pour le nouvel an, hein, m'exhorte-t-elle.

— Je vais m'organiser, ne t'inquiète pas. » Et, sachant comment l'énerver, j'ajoute : « Tu as besoin d'un taxi pour aller à l'aéroport ? »

Maman baisse les yeux et secoue la tête. Elle ne supporte pas que sa fille soit taxi, elle se raidit dès que j'évoque mon métier.

Alors ciao, je salue de la main. Joyeux Noël, hein. Un bisou à ma sœur, qui sursaute et tourne vite l'écran de son téléphone pour m'empêcher de lire le message qu'elle vient juste de recevoir. Un bisou à grand-mère, qui continue, impassible, à retirer les arêtes de son bar. Un bisou à Chicca, qui m'étrangle dans une étreinte d'enterrement. Un salut lèvres fermées à Camilla, qui répond en levant timidement un bras. Et plein de compliments à la maîtresse de maison. Merci pour cette belle soirée, Cristina, merci. *Feliz Navidad. Merry Christmas. Joyeux Noël.* Quelle merveilleuse idée de le fêter *tous ensemble*. Nous, nous n'y aurions jamais pensé. Si-tu-n'étais-pas-là.

J'affronte le froid et enfourche mon vélo. Les rues du

centre de Milan sont si sombres, si oppressantes. Même les plus beaux immeubles, avec des façades qui, à Paris, mériteraient d'avoir à leur pied au moins un boulevard et non une ruelle, semblent manquer d'air. Sombres jusque sous le soleil de midi, ces rues se laissent traverser uniquement par la brume. Et par moi, qui pédale sur les petits cubes de porphyre, humides et glissants, en essayant d'éviter les rails du tram.

Mais il suffit d'une cascade de lierre tombant d'un balcon pour me réconcilier avec ma ville. Je commence alors à imaginer les cours intérieures, jardins secrets d'une Milan qui cache ses charmes par principe, par éducation, ou par malice, qui sait.

Je retrouve des horizons plus larges et respire mieux dès que je rejoins piazza Vetra et les colonnes de San Lorenzo. À présent, je pédale librement, droit vers les Navigli, ma maison, mon refuge. J'admire ceux qui savent fuir, moi je sais seulement me cacher.

4

LUCREZIA

(La mère de)

Ne me demande pas comment ça s'est passé, Marika. Oui, ma chère, merci, tu peux prendre mon manteau. *Ah, quel dîner**. Où sont mes pantoufles ? Et joyeux Noël ! Joyeux Noël, ma chère. Franchement je ne supporte pas tous ces vœux, je préfère les matins quelconques où on se dit bonne journée, enfin. Tu as pu joindre ton fils ? Ah, je suis contente. Oui, oui... j'ai vraiment besoin de me détendre un moment. Si on s'ouvrait cette bouteille de Roederer qu'on m'a offerte ? Pour trinquer, toi et moi. Elle est dans le frigo, va la chercher. Je t'attends ici. Oui, ces verres iront très bien. Il devrait y avoir des coupes en cristal, mais on les a peut-être remisées. De toute façon, qui les utilise. Tu la débouches ? Je n'ai plus de force dans les mains. Tchin, ma chère, bonnes fêtes. Va à la messe avec tes amies, je fermerai tout, ne t'inquiète pas. Non, je suis juste fatiguée. Les femmes de mon fils sont tellement difficiles. Ce serait moins pénible de construire un gratte-ciel à Pékin. Je t'ai dit que Vittorio n'est même pas venu ? Bien sûr, il aurait pu m'avertir, je me serais épargné ce dîner aussi. Silvia Maria avait raison, à notre âge il ne faut pas chambouler ses habitudes, j'aurais mieux fait d'aller au concert avec elle. Je n'aurais pas dû me laisser convaincre.

Donne-moi les cigarettes, merci. Ah, je n'attendais que ça. Elles ne me laissent même pas fumer, *celles-là*. Qu'elles arrêtent de me casser les pieds, je leur souhaite d'arriver à quatre-vingt-neuf ans dans cet état. Les gens qui cherchent à se conserver se prennent trop au sérieux, selon moi. Tu peux m'approcher ce cendrier, s'il te plaît ? Figure-toi que Cristina a tenté d'animer la soirée en invitant la dernière conquête de Vittorio, mais la pauvre fille n'a pas ouvert la bouche. Du reste, ce qu'elle avait à dire n'intéressait personne. C'était un instrument de torture destiné à mon fils. Heureusement-qu'il-n'est-pas-venu. C'est ce que j'ai pensé, tu sais ? Heureusement qu'il n'est pas venu. Et j'ai aussi pensé à mon avenir, si tu veux que je sois sincère jusqu'au bout. Il sera court, sans doute, mais j'exige qu'il soit à la hauteur de ma vie, au moins en termes de dignité. Une femme comme ça me fait peur, tu comprends ? Elle utilise les autres pour garder son mari prisonnier. Oh, Marika, j'espère ne jamais tomber malade : elle me prendrait sûrement en otage, moi aussi. Elle serait capable de me soigner avec abnégation juste pour le faire chanter. Oh, non. Ada ne m'aiderait pas. C'est la femme la plus égocentrique que je connaisse, elle ne pourrait pas. Elle a passé une demi-heure à me raconter qu'à Paris ils l'ont faite *Chevalier des Arts et des Lettres*. Elle décrivait la cérémonie avec autodérision, tu penses, mais elle a été ma belle-fille pendant vingt ans, alors son autodérision je n'en suis pas dupe. Quand une chaise que j'ai dessinée finit dans un musée, je n'emmerde personne, par exemple. Le narcissisme est une forme de manque d'assurance et elle manque d'assurance, contrairement aux apparences. Surtout devant moi. Je provoque chez elle un manque d'assurance atavique, depuis toujours, qu'elle ne contrôle pas. Ce n'est pas par hasard qu'elle insistait autant avec son histoire de *chevalier* : elle a enfin reçu une des rares distinctions que je n'ai pas eue. Tu comprends, Marika ? Tout est comme ça. Elle est tellement dans la compétition, la pauvre. Encore maintenant. Même si Vittorio n'est plus son mari, et moi une belle-mère encombrante. Même si nous sommes tous trop vieux pour nous prouver des choses. Mais c'est Chicca qui m'a donné le coup de grâce. Elle est logorrhéique comme toutes les personnes seules, elle ne se rend pas compte qu'elle exaspère son entourage. Elle ne trouvera plus de compagnon, là-dessus je n'ai pas de doutes. Ce serait déjà un miracle si elle trouvait une amie, mais je n'ai plus d'espoir. Ma fille me fait de la peine, Marika. Il n'y a qu'à toi que je peux l'avouer. Et la peine ne m'aide pas à la supporter. Ça, c'est encore plus terrible, tu sais. Après tout, je suis sa mère. Vittorio aussi a toujours eu du mal à la supporter, déjà quand il était petit. Pas facile de se protéger d'une sœur envahissante. Malheureusement, elle le vénère. Si les ordinateurs n'existaient pas, elle serait capable de copier ses manuscrits comme la femme de Tolstoï. Pourquoi crois-tu qu'elle a acheté cet appartement sombre et exigu à quelques mètres de chez lui ? Elle cherchait depuis des années à s'installer dans le même quartier. Elle déjeune ici demain, n'est-ce pas ? Oh, quelle patience il faut. Je ne peux pas mourir dans la méchanceté, Marika. Combien de temps il me reste ? Quelques mois, quelques années ? Je m'efforce d'être gentille, tu comprends. Bref, peu importe. Je me comprends moi, et c'est déjà trop. Je suis bien plus inquiète pour mes petites-filles, en réalité. Giulia par-ci, Giulia par-là : ils vont la détruire, à force de la protéger. Et je ne peux rien faire parce que je n'arrive pas à dialoguer avec elle. Elle n'a de relation qu'avec son téléphone portable. Au bout d'un moment, sa mère le lui a confisqué alors elle a pris le mien, tu penses. C'est compulsif. Ils l'ont trop gâtée et maintenant elle prend tout le monde de haut, comme si elle seule connaissait le monde. Le monde – qui nous connaît beaucoup mieux – va la dévorer. Et je ne sais pas comment y remédier. Mon grand tourment, pourtant, c'est Paoletta. Ils ne la laissent jamais en paix, pauvre trésor. Certes, elle ne fait rien pour éviter les critiques, même les plus prévisibles. Ce soir, par exemple, elle aurait pu mettre une veste. Ou un pull propre, au moins. Non, elle s'est pointée avec un sweat-shirt acheté chez les Chinois et un pantalon militaire qui semblait avoir appartenu à un *marine*. Elle ne risque pas de trouver un fiancé. Mais le vrai problème c'est ce taxi, personne ne lui a pardonné. Durant des années, c'était le même refrain : Paoletta a eu son diplôme et maintenant elle doit être autonome. Il était interdit de lui faire le moindre cadeau. Au nom de très nobles principes, évidemment. Seigneur, Milan et ses grands principes. À utiliser toujours *contre* quelqu'un, jamais en sa faveur. Allez savoir pourquoi. Un jour cependant, j'en ai eu assez. Je construis des gratte-ciel et je ne peux pas offrir un deux pièces à ma petite-fille ? D'accord, elle l'a tout de suite revendu. Mais la licence qu'elle s'est achetée avec cet argent a été une libération pour elle. Était-elle obligée de choisir un métier intellectuel ? Partout elle était la fille d'Ada et Vittorio, moi aussi j'aurais été paralysée. C'est sûr, quand elle a quitté la rédaction d'un hebdomadaire pour aller faire la queue devant la gare, ça paraissait une folie. Mais pourquoi était-elle entrée là-bas ? Au fond la directrice faisait simplement une faveur à sa maman et à son papa. Paoletta soutient que son taxi lui permet de bien mieux connaître le monde, qu'il existe en réalité une continuité avec ses études de philosophie. Je ne sais pas si c'est vrai, en tout cas il est important que quelqu'un y croie. Et ce quelqu'un, ce sera moi. File maintenant, Marika, ou tu vas arriver en retard à la messe. Je te fais perdre du temps avec mes bavardages. Où ? À San Satiro ? Vous avez bon goût, c'est la plus belle église de Milan, selon moi. Tout le monde connaît la tour Hadid ou la Forêt verticale, mais on ignore qu'à deux pas du Duomo, Bramante nous a laissé des trésors. Non, je n'ai besoin de rien, vraiment. Je vais mettre ma chemise de nuit, boire encore une goutte de champagne et fumer une dernière cigarette. Tu n'imagines pas ce que j'ai souffert ce soir. Un dîner entier sans pouvoir tirer une bouffée, pire qu'un vol long-courrier. Elles me rationnaient aussi en vin. Juste une bouteille d'eau sur ma table de nuit, oui. Merci, ma chère, merci. Bonne messe. Et n'oublie pas de jeter un œil à *La Lamentation*, même si elle est moins belle que celle de Niccolò dell'Arca. Comment, pardon ? Tu peux répéter ? Je me suis tournée et n'ai pas vu tes lèvres. Ah, je ne sais pas. Il a envoyé un message étrange que je n'ai pas bien compris. Il parlait de l'année sabbatique qu'il a demandée à l'université. J'ai préféré ne pas investiguer, sinon ces sorcières disent que je suis sourde.

5

CRISTINA

(La femme de)

Minuit vient de sonner. Une vibration, sur la cuisse, lui suffira : il saura tout de suite que c'est moi. Il sortira son portable de la poche de son pantalon et lira rapidement le message. Puis, il se lèvera du canapé le téléphone à la main (règle numéro un : ne jamais rien cacher, pour ne pas être démasqué il faut se limiter à porter son attention ailleurs) et adressera à sa femme une phrase du genre Je vais à côté parce qu'ici les enfants font trop de bruit. Les pas tranquilles et le calme avec lesquels il inversera les responsabilités – les enfants qui font du bruit – fonctionneront et sa femme, penchée sur le château des dinosaures, lui criera du salon Tu souhaiteras un joyeux Noël à ta sœur de ma part.

Carlo ne lui répondra pas (règle numéro deux : ne jamais mentir, mieux vaut se taire), longera le couloir à pas pressés, sans courir toutefois. Prudent, il fermera derrière lui la porte de la cuisine. Une cuisine qui ressemble à une navette spatiale. Placards sans poignées, table de cuisson nivelée, aucun objet en vue, comme dans un modèle d'exposition. Un unique bloc brillant qui se reflète sur le sol en résine tel un sommet alpin sur un lac. Et, regardant autour de lui, satisfait, il me dira Maintenant je peux parler, et toi ? J'ai un amant prévisible. Mais ça ne me déplaît pas car mon mari est trop imprévisible.

« Oui, moi aussi je peux parler, tout le monde est parti. Giulia ne m'entend pas. Elle s'est déjà enfermée dans sa chambre, tu penses. »

Je regarde également autour de moi. J'essaie de suspendre ma robe rouge dans le dressing sans aller prendre l'escabeau dans le cagibi. Mais, même sur la pointe des pieds, je n'y arrive pas. Alors je cherche la perche télescopique. Je pourrais laisser la robe sur la chaise, seulement c'est plus fort que moi. Les choses doivent être à leur place.

« Comment s'est passé le dîner de Noël ?

— Vittorio n'est pas venu.

— Tu plaisantes ?

— Je te jure. Il-n'est-pas-ve-nu.

— Je n'y crois pas.

— Il m'a prévenue avec un petit message. Le romancier, tu sais ? Il s'est fendu d'une demi-ligne.

— Et pourquoi ?

— Bof. Il avait besoin d'être un peu seul. Le congé sabbatique de l'université, qu'il vient de prendre, ne lui suffit pas. C'est à peu près ce qu'il a dit.

— Le soir de Noël ? Il ne pouvait pas attendre deux jours ?

— Laisse tomber, je suis furieuse.

— Tu n'aurais peut-être pas dû inviter sa maîtresse.

— Vittorio ne savait pas que je l'avais invitée, c'était *une surprise*. »

Un gros bruit. En tentant d'attraper la perche, j'ai fait tomber une boîte pleine d'accessoires d'été : paréos, maillots de bain, chapeaux et sacs de plage.

« Qu'est-ce qui se passe ?

— Rien, rien. »

Je me baisse pour tout rassembler. Rassembler, c'est le secret. Puis ranger. Après, tout est en ordre. Il suffit de rassembler.

« Jolie ?

— Qui ? Camilla Tabellini ? Tu parles. C'est le genre de fille que tu as envie d'emmener à l'hôpital, pas dans ton lit. Elle est tellement pâle, elle a de ces cernes… Je ne sais pas ce qu'il lui trouve. Elle te regarde avec cette frimousse émaciée, envahie par une énorme paire de lunettes mais, si tu fais attention, elle a de sacrées cuisses, certainement bourrées de cellulite. Et un gros cul, à son âge déjà. *Pauvre enfant.*

— Tu as aussi calculé le rapport entre masse grasse et masse maigre ?

— Idiot », je réponds. Mais je ne ris pas.

Je suis sûre que Carlo va bientôt sortir sur le balcon pour s'allumer une cigarette. Sous son toit, c'est une transgression pire qu'une liaison clandestine : sa femme est pneumologue, elle lui pardonnerait plus facilement une tromperie. Il est probablement déjà en train de penser qu'il ne doit pas oublier de se laver les dents ensuite. Je parie qu'il a commencé à fouiller dans ses poches à la recherche de pastilles à la menthe.

« C'est quoi ce soupir ? Tu t'es allumé une cigarette ?

— Oui, me répond-il, trop envie. » Je devine une autre bouffée, ample, profonde. « Donc Vittorio ne pouvait pas être avec elle, avec sa Camilla j'entends.

— Ah non, ça non. Il a peut-être d'autres amantes, qui sait.

— Jalouse ?

— La jalousie appartient à une autre époque, certainement plus heureuse.

— Et de moi, tu es jalouse parfois ? »

Je soupire. Je n'ai aucune envie de le rassurer *maintenant*. C'est plutôt moi qui aurais besoin d'être rassurée. Après tout, mon mari n'était pas présent au dîner de Noël. Comme d'habitude, c'est sur les choses que je dois compter pour me rassurer. Tandis que je bavarde, je mets de l'ordre dans mes foulards. Je les trie par couleur. Le noir avec le noir, le bleu avec le bleu.

« Écoute, je suis de mauvaise humeur ce soir. Essaie de comprendre », dis-je un peu sèchement.

À présent il doit écraser son mégot (avec une vague colère) avant de le jeter par-dessus le balcon. Du bout de sa chaussure, il s'empresse de faire disparaître toute trace de cendre, de goudron et de tabac. En même temps il me répond qu'il essaie juste de comprendre, *lui*. Qu'il ne fait que m'écouter. Chose que mon Vittorio adoré n'a jamais été capable de faire, par exemple. Et mon ton l'irrite.

« Mais on ne va pas se disputer le soir de Noël, dit-il. Tout comme on ne devrait pas disparaître le soir de Noël. »

Je suis sûre qu'il regarde le sapin à côté de lui, toujours sur ce balcon, cette grande main d'aiguilles qui semble vouloir le caresser et qui est là pour lui rappeler qu'il devrait tout de suite retourner dans le salon. Cet enchevêtrement lumineux autour des branches, ces petites ampoules sournoises qui éclairent l'arbre par saccades ont été installées par ses trois fils en personne. Trois créatures bruyantes et turbulentes qu'il n'abandonnera jamais. Et qui l'attendent à côté, pour finir de construire le château des dinosaures.

Il est sans doute en train de penser qu'il ne peut m'offrir que de l'amour. Au début, il trouvait cela très beau qu'il ne reste que l'amour à offrir – lui qui n'était pas en mesure d'offrir autre chose –, l'amour sans compensations matérielles, sans primes de production, l'amour en dehors de toute logique d'entreprise. Puis, il a compris que cette non-mesurabilité – en termes concrets du moins – est une arme à double tranchant, sinon un leurre, car pour une femme ce n'est jamais assez.

« Pardon, je suis un peu nerveuse, je me suis coltiné sa mère, sa sœur, sa fille, son ex-femme et même sa maîtresse toute la soirée. *Et il n'est pas venu.*

— Et elles, comment l'ont-elles pris ?

— Eh bien *elles*, je ne peux que souffler, *elles* sont toujours égales à elles mêmes. »

Je lui raconte que ma belle-mère est désormais intraitable. J'ai voulu lui offrir un appareil acoustique, mais elle s'est vexée. Dire que j'ai perdu un après-midi entier chez l'ORL ! Trois cents euros la consultation. Ada, pour changer, a parlé d'elle toute la soirée. D'une conférence en Suède, d'une invitation à la télévision pour débattre de je ne sais quoi, d'un article polémique qu'elle a écrit sur je ne sais qui.

« Son ego la rend infréquentable. Elle vient de publier un autre livre. Un énième navet sur les femmes. Les femmes par-ci, les femmes par-là. Trente ans qu'elle est sur les mêmes sujets, on n'en peut plus.

— Tu ne m'as pas encore souhaité un joyeux Noël, m'interrompt-il sèchement.

— Bon, si on en est là, *alors joyeux Noël.* Retourne faire la fête avec ta femme. Aujourd'hui j'ai eu ma dose, merci. »

Carlo se tait. Il fait de la résistance. C'est de la résilience, précisément. Il y a un poids et il ne veut pas le porter. Sauf que le silence te donne la sensation d'être beaucoup plus intelligent, le silence te surévalue. Et quand tu dois parler – ça arrive tôt ou tard – tu es à nouveau ce que tu es. Par exemple un homme très prévisible.

« Posons les armes, dit-il, allez.

— O.K. »

Je suis essoufflée parce que j'ai décidé de suspendre les vestes plus bas, à la place des robes de soirée que je ne mets jamais – pour aller où ? –, des robes qui peuvent tranquillement rester inaccessibles.

« Chérie, tu pleures ? »

J'éclate de rire.

« Pas du tout, j'ai un coup de chaud, j'ai mis un trop gros pull.

— Enlève-le. »

Je suis sûre qu'il se tourne continuellement vers la porte vitrée du balcon pour s'assurer que personne n'arrive.

« Arrête. »

Je choisis un rire un peu timide pour lui faire comprendre que je n'ai aucune envie de jeux érotiques – *pas maintenant.* Mais malheureusement mes gloussements de sainte-nitouche l'excitent encore plus.

« Enlève aussi ta culotte, insiste-t-il. Elle est comment ? C'est celle en dentelle mauve que j'adore ?

— Tu n'as pas compris, je m'énerve, ce soir je ne suis pas d'humeur. Vraiment. Excuse-moi, je ne suis pas d'humeur », je répète.

Je ne sais pas si c'est la présence de la famille de mon mari ou l'absence de mon mari qui m'a le plus abattue. En tout cas, l'abattement se combine mal avec le désir. Carlo se demande probablement à quoi ça sert d'avoir une maîtresse si celle-ci ne lui parle que de conflits familiaux, même pas communs du reste. Il préférerait peut-être retourner dans son salon jouer avec les dinosaures. Mais je *suis* abattue et je n'ai que cet abattement à raconter. Alors je lui répéterai les mêmes choses, tant pis.

Que Paoletta est trop grosse et que cette obésité est dangereuse pour sa santé, mais que je ne peux pas ouvrir la bouche, attention, sinon les autres m'accusent d'être jalouse ou cruelle. Qu'elle ne m'a pas remerciée, car pour elle tout est acquis, toujours. Que je me démène pour organiser le dîner de Noël et que personne ne me demande si j'ai besoin d'aide. Et cetera, et cetera.

Carlo est probablement en train de penser que nous ne nous aimons plus, que nous nous utilisons l'un l'autre pour compenser trop de frustrations. Et que les frustrations ont gagné : nous sommes devenus une frustration nous aussi. Une frustration clandestine à ajouter secrètement au lot officiel.

Mais il dit juste : « Tu as un signal d'appel.

— Mon Dieu, ça doit encore être ma belle-sœur. » Je me couvre le front d'une main. « Elle m'a déjà appelée trois fois.

— Elle s'inquiète sans doute pour Vittorio.

— Je lui ai dit que je la tenais au courant, s'il rentrait. C'est plus fort qu'elle, elle ne peut pas se retenir.

— Et toi ? Tu n'es pas inquiète ?

— Oh non. Pas du tout. Je suis en colère, plutôt. Je ne sais pas ce qui lui est arrivé ni pourquoi il s'est comporté comme ça. Je sais juste qu'il n'est pas seul au monde, et que tôt ou tard il devra l'admettre. Qu'est-ce qui te fait rire ? »

Silence.

« Tu as raison, je ne te parle que de mon mari, je lui concède, un jour tu en auras marre de moi. »

Je suis encore dans ma penderie. Toutes mes écharpes et mes foulards sont par terre, à mes pieds, comme un tas de chiffons. Mais, telle une Vénus, je renaîtrai de cette mer d'étoffes.

« Tu sais que ce soir j'ai mis le bracelet que tu m'as offert ? » La capacité des femmes à se rattraper quand elles se sentent en danger. « De Vittorio, par contre, je n'ai rien eu. Et pas seulement parce qu'il n'est pas venu. Je n'ai rien eu non plus l'année dernière, d'ailleurs. »

Je l'imagine en train de sourire lui aussi, maintenant. Il a certainement mis des heures à le choisir, ce bracelet. Un bijou ancien des années trente, une fantaisie élégante signée Trifari.

« Je ne comprends pas pourquoi on appelle ça des vies parallèles, me répond-il, deux parallèles ne peuvent jamais se toucher. Nous, par contre, on peut se toucher seulement de temps en temps. C'est un supplice plus cruel encore.

— Je sais.

— Quelqu'un l'a remarqué ? Le bracelet, je veux dire. Elles l'ont remarqué ?

— Moi, je l'ai remarqué. Rentre maintenant, sinon ta femme va se poser des questions.

— Elle ne me pose plus de questions depuis des années. Seuls les enfants nous interrogent. Seuls eux nous demandent *pourquoi*. »

Nous sommes sur le point de raccrocher, mais j'hésite. J'ai peut-être une chose à ajouter. Carlo s'en aperçoit et attend. Il pense probablement que je vais lui murmurer des mots gentils, que je l'aime par exemple. Il n'a toujours pas compris que je n'ai pas la tête à ça, ce soir.

« Tu sais quoi ? Je crois que le Noël prochain, c'est moi qui vais disparaître. »

6

FRANCESCA

(La sœur de)

On dit que ça pourrait être une belle femme. À l'université, tout le monde se moque d'elle. On dit aussi qu'elle a un balai dans le cul. C'est une expression un peu crue qui cependant traduit bien une certaine rigidité. Il y a un gars doué en imitations et Fumagalli est sa spécialité. Il arpente les couloirs le cou tendu et les lèvres pincées : Jeunes gens, vous me faites *perdre du temps*. Éclat de rire général.

Beaucoup d'étudiantes blaguent également sur sa façon de s'habiller. Ballerines ou mocassins, chemisier blanc col relevé, ceinture soulignant sa taille trente-huit, fièrement conservée à cinquante-sept ans. Et ces vestes, toujours signées et ajustées. Elles se demandent si elle porte son collier de perles aussi avec son maillot de bain.

Une seule personne dans toute la faculté se détache du chœur. C'est une jeune fille de moins d'un mètre soixante, avec deux yeux énormes, ronds et un peu saillants. Elle s'appelle Frida Cannavò. Pour être au plus près de Francesca Fumagalli elle a réussi à louer un studio qu'elle possède, dans le même immeuble. Au début, Fumagalli était perplexe.

« Vous êtes mon étudiante, protestait-elle, je ne peux pas recevoir de l'argent de votre part, Cannavò. Ce serait *incorrect*.

— Mais j'ai déjà passé l'examen. Je suis votre cours cette année encore juste parce qu'il m'intéresse.

— Vous pourriez me demander de diriger votre thèse.

— Je me suis déjà inscrite en psychologie du développement.

— Non, ce n'est pas possible. Je regrette – et elle secouait la tête –, aux États-Unis ce serait inadmissible, un professeur qui se ferait payer par un étudiant serait immédiatement renvoyé. »

Puis elle avait cédé car le studio restait vide. Du reste, personne ne voulait d'une propriétaire comme ça. Une casse-couilles phénoménale. Du genre à venir sonner tous les jours pour s'assurer que tu n'as rien abîmé. Mais c'était exactement ce que voulait Frida : voir Francesca tous les jours. Parce qu'elle est amoureuse d'elle.

Francesca Fumagalli est une femme très seule, ainsi au bout de deux semaines elle a oublié ses principes. Maintenant, elle sonne chez Frida tous les jours, parfois simplement pour bavarder. Elle se moque de paraître incorrecte. Bien sûr, elle a toujours une excuse. La chaudière à contrôler ou un tapis à porter chez le teinturier. Mais, précisément, ce sont des excuses.

« Vous n'avez pas subi une invasion de fourmis par hasard ? » demande-t-elle. Ou bien « Une canalisation s'est fissurée au troisième étage, y a-t-il des dommages ici ? ». D'autres fois, elle apporte une pétition à signer contre quelque copropriétaire : « Les enfants du cinquième jouent au ballon dans le salon après 22 heures », et elle tend à Frida une lettre de protestation qu'elle a rédigée jusqu'à 2 heures du matin.

Frida la fait entrer, lui offre quelque chose à boire. En général du jus d'ananas, car Francesca Fumagalli ne boit pas d'alcool. Non seulement parce que l'alcool fait grossir, mais également parce que c'est mauvais pour le foie.

« Vous ne devriez pas boire toute cette bière, Cannavò. »

Elle contrôle même la quantité de verre que les voisins jettent dans le bac de recyclage : « Sormani, au quatrième, est alcoolique », et elle secoue la tête. Elle en veut à Sormani pour plusieurs raisons, dont celle-là. Pour elle, bafouer la modération est inconcevable.

Frida ne peut pas encore parler d'amitié – ce serait déjà une victoire énorme –, car Francesca Fumagalli est une femme très mesurée, qui ne se laisse pas vraiment aller. Toutefois, un lien s'est créé. Bien qu'elles continuent à se vouvoyer. Et Frida est sûre que ce soir – le soir de Noël – Francesca passera chez elle. Pas forcément pour lui adresser ses vœux, elle n'en demande pas tant, plutôt pour se plaindre des voisins qui font la fête trop bruyamment, elle la connaît un peu. Mais qu'importe, Frida est déjà contente.

En effet, la voilà. *Ding, dong.*

« Pardon de vous déranger, dit Francesca, malheureusement la famille d'au-dessus a la mauvaise habitude de tirer des feux d'artifice le soir de Noël, comme si le nouvel an ne suffisait pas. Ils n'ont pas brûlé les plantes sur le balcon ? Vous savez, c'est arrivé l'année dernière. »

Frida admet avoir vu quelques girandoles, qui n'ont pas fait de dégâts. Elle lui propose d'entrer.

« Joyeux Noël », répond-elle avec un sourire.

Elle l'invite à s'asseoir sur le canapé défoncé que Francesca a installé sans scrupules dans un studio à louer. Naturellement elle ne retire pas son manteau.

Elle devrait enseigner la psychologie de la distance, disent les étudiants. Et ils rient. Frida non, elle ne rit jamais à ces blagues. Non parce qu'elle est amoureuse de Francesca. Elle ne rit pas parce qu'elle se dit que ces jeunes gens étudient la psychologie inutilement, puisqu'ils sont incapables de se mettre à la place des autres. Et, selon elle, c'est très triste d'étudier inutilement.

Elle regarde Francesca et la trouve belle, plus que d'habitude. Quel dommage cette moue, ses lèvres qui avancent, comme pour donner un baiser, parce qu'elle est fâchée contre quelqu'un, peut-être les voisins. Frida voudrait tellement un baiser. Elle sait que ça ne traverserait jamais l'esprit de Francesca. Non seulement elle n'est pas lesbienne, mais elle n'est pas non plus hétéro. Les baisers ne l'intéressent pas du tout, et ça se voit. C'est une créature qui n'a jamais été capable de s'accorder un peu de bonheur. Voilà sans doute pourquoi Frida l'aime tant.

Une fois, elle lui a parlé de son mari qui s'est suicidé, mais elle ne l'a pas fait avec amour, ni avec culpabilité ou douleur, rien de tout cela. Elle disait : « Il y a des chambres d'hôtel, non ? » Comme si ce qui lui avait pesé le plus était le fait que la nounou, ce jour-là, avait ramené son fils de l'école avant l'heure prévue. « Je n'ai pas eu le temps de nettoyer. » Et Frida pensait à la mort qui salit, mais Francesca ne se serait jamais aventurée dans des sujets aussi viscéraux. Elle en faisait juste une question d'ordre et de dignité. Elle n'a pas encore compris que la vie aussi salit, pensait Frida. Et elle ne le comprendra jamais, même si tous les jours elle monte sur l'estrade pour nous enseigner les mouvements de l'âme.

En tout cas, Frida lui a trouvé un cadeau. Au fond c'est Noël, elle a une excellente excuse pour oser un tel geste. Elle lui a acheté un disque. Parce qu'un jour Francesca lui a dit qu'elle avait entendu les *Folk Songs* de Luciano Berio sur la radio suisse et que ces chansons lui avaient beaucoup plu. C'est ça, aimer : se souvenir des choses. Oh, elle va être gênée, Frida la connaît bien désormais. Peu importe, elle veut lui faire plaisir, même s'il est impossible de faire plaisir à une femme qui n'a jamais su chercher le plaisir.

Mais avant de lui remettre son paquet, un élan qui pourrait l'agiter ou la raidir davantage, Frida veut essayer de bavarder un peu.

« Comment s'est passé le dîner de Noël ?

— Oh, un désastre. Vittorio est pas venu », répond Francesca. Quand elle néglige la forme négative, c'est qu'elle est désespérée. La grammaire, chez elle, siège dans les artères : si tu l'entailles, c'est pour te vider de ton sang.

« Mais la fête n'était pas chez lui ?

— Si, mais il est pas venu. Sans doute parce que sa femme avait invité *cette fille* », explique-t-elle, haletante. Elle, d'habitude si précise, perd toute notion d'exactitude dès qu'elle aborde des choses qui lui tiennent à cœur.

« Cette fille ? » Frida ne cache pas qu'elle a un peu de mal à suivre.

« La maîtresse de Vittorio, sa nouvelle conquête. Je n'ai pas du tout approuvé l'invitation, soyons claires, ce n'était vraiment pas nécessaire. Un geste de très mauvais goût. Notre famille n'est-elle pas assez compliquée ? Seulement Cristina nous considère comme sa propriété, au même titre que Vittorio. En tout cas, si elle imagine garder ainsi une emprise sur mon frère, elle se trompe. D'ailleurs, il s'est enfui. Du moins je l'espère. Enfin, j'espère qu'il ne lui est rien arrivé.

— Enfui ?

— Il avait déjà fait le coup quand il était marié avec Ada. Il faut dire qu'Ada l'écrasait et l'humiliait de toutes les manières possibles. Elle faisait tout pour le fragiliser, et Vittorio ne pouvait que fuir. Pour partir, il faut être fort. Si on affaiblit quelqu'un, il ne part pas, il s'enfuit. Ne l'oubliez pas, Cannavò.

— Bien sûr.

— Il suffit de regarder Paoletta, comment peut-on réduire sa fille à un tel état ?

— Vittorio ?

— Non, Ada ! Une mère que je ne souhaiterais à personne. Ma nièce est déprimée, et je parle en tant que professionnelle, pas en tant que tante. Je lui ai conseillé d'aller voir un psychologue mais elle ne veut pas, elle dit qu'elle méprise cette catégorie de gens. Mais je ne me suis pas vexée, les personnes déprimées deviennent très agressives, c'est connu. »

Frida devine que Francesca tente de parler d'elle. Elle prend à cœur le malheur de sa nièce parce qu'elle n'est pas en mesure de prendre à cœur le sien. On est sur le terrain de la confession. Elle aussi a été écrasée par la personnalité de sa mère. Mais dès qu'elle se sent trop exposée, elle change de sujet. Elle braque, précisément. Ce n'est pas une opération menée avec beaucoup d'agilité : Frida entend même les pneus crisser.

« *Heureusement*, mon fils ne m'a pas encore téléphoné, je ne saurais pas comment lui raconter cette histoire de Vittorio qui a disparu. Je ne veux pas l'inquiéter. »

Le fait que son fils ne soit pas rentré à Noël n'est pas bon signe. Mais Francesca le justifie immédiatement : « Il est au Mexique avec sa fiancée, dit-elle, *pauvre chéri*, il travaille tellement. Il a très peu de vacances. » En parlant, elle fixe ses genoux. Parce qu'elle n'a pas le courage de regarder en face la personne à qui elle raconte toutes ces conneries.

Frida s'était déjà aperçue que les choses n'allaient pas si bien avec son fils. Elle s'en était aperçue un soir, quand elle était montée chez Francesca pour lui apprendre à utiliser Skype. « Il ne m'appelle pas d'Amérique parce qu'il n'a pas d'argent, *le pauvre chéri*. » Et Frida voulait l'aider. Alors elle avait assisté à une communication test. Ils n'avaient pas sitôt activé la vidéo que Francesca avait réussi à énerver Marco. « Mon Dieu, tous ces boutons ! Si tu évitais de

te goinfrer de fish and chips, *poussinet.* Tu ne t'es jamais demandé pourquoi il y a autant d'obèses en Amérique ?
— Maman, putain, combien de fois je dois te dire que je ne veux plus que tu m'appelles *poussinet* », répondait-il. En trois minutes, elle avait rendu coûteuse une conversation gratuite. Il était parfaitement inutile de recourir au progrès, aux miracles de la technologie. Ensuite, elle en fut tellement mortifiée. Elle en pleurait presque. C'était attendrissant.

« Vous déjeunez avec votre mère demain ? » demande Frida pour ne pas remuer le couteau dans la plaie.

Francesca sourit, les discours d'ascenseur la rassurent beaucoup, au point qu'elle tend à se trahir au bout de quelques mots.

« Bien sûr que je déjeune avec ma mère demain, comme si j'allais la laisser seule le jour de Noël. Encore que nous nous sommes disputées hier justement. »

Puis elle se touche les cheveux, avec cette vague minauderie que seule Frida adore. Elle avance la lèvre supérieure, comme pour donner un baiser, bien qu'elle ne pense pas à un baiser, puisque aux baisers elle n'y pense jamais. C'est un tic.

« Pourquoi vous êtes-vous disputées ?
— Parce qu'elle ne veut pas d'auxiliaire de vie, répond Francesca en haussant les sourcils. Marika ne peut pas dormir chez elle, hélas, elle a un mari. C'est un gros problème. Mais maman ne peut pas rester seule la nuit, vraiment pas. »

La voilà qui revient sur l'auxiliaire de vie, une autre de ses obsessions. Elle la trouve parfois ridicule, elle et ses obsessions. Mais elle a conscience d'avoir vingt-deux ans, d'être lesbienne et totalement détachée des dynamiques familiales. C'est peut-être sa limite. Au fond, les problèmes des autres existent aussi.

« S'il lui arrive quelque chose ? Si elle fait un malaise ? Le mois dernier elle est tombée dans la cuisine, par exemple. Elle était montée sur une chaise pour attraper des biscuits que j'avais cachés. Pleins de beurre, du poison pour son cholestérol. *Imagine* qu'elle se soit cassé le fémur, *imagine.* »

Frida sent son cœur battre plus vite. Elle la tutoie ? C'est la première fois et elle ne s'en est même pas rendu compte. Certes, elle aurait préféré que Francesca le fasse dans un contexte différent, sans lien avec le fémur de sa mère. Pourtant, elle est émue.

« Elle vient d'avoir quatre-vingt-neuf ans, on ne peut pas l'ignorer. Si Ada cessait de s'interposer. Vous savez ce qu'elle a dit à Vittorio ? continue Francesca, imperturbable, sans s'apercevoir des changements de personne. Que Lucrezia dessine encore des objets qui feront l'histoire du design tandis que moi je veux la confier à une auxiliaire. Elle a dit ça. Je suis la méchante, donc. La santé de maman, Ada s'en fiche, naturellement. Si elle finit à l'hôpital, ce n'est pas elle qui devra aller à son chevet. Elle la défend quand elle fume. De toute façon, maman a même réussi à corrompre Marika… »

Frida voudrait tellement la bâillonner d'une main et de l'autre lui caresser les jambes en silence. Elles sont encore belles. Dommage que Francesca ne les ouvre et ne les ferme que pour faire des abdominaux dans son salon, couchée sur un tapis bleu acheté neuf euros quatre-vingt-dix chez Decathlon. Frida est tombée amoureuse d'une femme qui n'est ni lesbienne ni hétéro, parce que ses névroses ne lui permettent d'être *rien*, elle doit se le rappeler.

« Marika s'est permis de me dire que je ne peux pas décider ce que ma mère doit manger ou pas. Selon elle, je devrais la laisser crever, c'est ça. Navrée, mais j'ai une conscience, moi. J'ai volontairement suggéré à Cristina de cuisiner un bar, ce soir. Si elle avait fait ses escalopes panées, maman aurait été capable de s'en siffler trois. Tuons-la donc à coups d'huile de friture. »

Frida approuve. Elle comprend pourquoi les hommes fuient de telles personnes. En tant que femme, elle a beaucoup plus de patience.

« En plus, elle boit, elle prend un gin-tonic tous les soirs, avant de dormir. Son médecin me l'a dit. Mais inutile de se torturer, quand elle part en Chine ou en Israël personne ne peut la surveiller. Vittorio prétend qu'on la tuera vraiment le jour où on lui enlèvera son travail. Seulement ce sont des vols long-courriers, je ne suis pas tranquille. »

Voilà, inutile de se torturer. Surtout si on est déjà torturé, pense Frida. Et elle décide que le moment est venu de l'interrompre.

« J'ai un cadeau pour vous », dit-elle.

Francesca regarde Frida, étonnée, elle ne s'y attendait clairement pas.

« Il ne fallait pas. »

N'importe quelle gentillesse la contraint tout de suite à s'agripper aux formalités, elle n'y peut rien. Elle défait toutefois le paquet avec fébrilité et impatience. En définitive, c'est une femme comme les autres : qui s'éprend de l'absence ou des attentions, ça dépend.

« C'est une bricole, précise Frida.

— Oh, les *Folk Songs* ! J'en avais tellement envie. Merci, merci. »

Elle n'ajoute rien, car elle est émue et n'a pas l'habitude d'éprouver de telles émotions, alors plutôt que de s'embrouiller – canalisant sa tendance logorrhéique – elle se tait.

« Mon titre préféré est *Azerbaijan Love Song*, parce qu'il ne veut rien dire. Cathy Berberian ne connaissait pas l'azéri, un jour elle a écouté une vieille chanson et a transcrit les paroles à l'oreille. Le résultat est un texte qui n'a pas de sens. Les seuls mots qu'elle a compris, elle les a compris parce que c'était du russe. Ils disaient L'amour est comme un poêle. Mais ça n'a pas beaucoup de sens non plus. Vous aimez les choses qui n'ont pas de sens ? »

7

ADA

(L'ex-femme de)

17 décembre 2014

Hier soir je suis allée à une fête, une sorte de rite ambrosien, qui se répète à l'identique chaque année. On entre dans la cour où se trouve un joueur de cornemuse. Quelqu'un nous met dans les mains une petite bougie et on doit gravir l'escalier en marbre avec la cire bouillante qui coule sur nos doigts, en bon pasteur. En haut, par contre, on arrive dans un lieu qui n'est pas exactement le service des grands brûlés. La moyenne d'âge des invités est de quatre-vingts ans, fourchette basse, je parais jeune à côté.

Naturellement, Vittorio était là aussi, mais sans Cristina. Elle ne veut plus venir. Une année elle l'a accompagné, et la maîtresse de maison, qui n'est pas connue pour son tact, a demandé à Vittorio : « Tu as amené *ta fille* ? » Vittorio a encaissé en riant. Il lui a rappelé que nous étions séparés et lui a présenté sa nouvelle compagne. La maîtresse de maison, en lui serrant la main, a lancé : « Ah, c'est *elle.* » Puis elle s'est éloignée.

« Comme tu le sais, ma femme n'a pas beaucoup d'autodérision », expliquait Vittorio en acceptant le supplice de la bougie. Je ne suis pas habituée à entendre Vittorio dire *ma femme* en parlant d'une autre, cependant j'ai souri. Au fond, j'étais très contente de le voir là, en particulier sans *sa femme* à son bras.

Avant le dîner pour deux cents personnes placé, il y a l'épreuve du concert. Tout le monde doit applaudir le jeune talent du moment aux compétences dignes de la Scala. Même si on voit des gens dodeliner de la tête et dormir la bouche ouverte, des moribonds en chaise roulante qui geignent durant les pauses entre deux notes, et si on évacue toujours quelqu'un sur une civière à l'entracte, les commentaires qui suivent le concert sont très pertinents. Les Milanais cultivés ne sont jamais pris au dépourvu en matière de musique, ce serait une honte. Ça fait partie du *genius loci*, c'est une sorte de package, le lare est inclus – et le lare c'est la Scala.

Naturellement, à table nous nous sommes assis côte à côte, sous un grand putto doré. C'était un candélabre énorme qui nous menaçait de son coude, mais nous essayions de l'ignorer. Nous parlions en continu, un peu courbés sur notre assiette pour ne pas nous cogner la tête contre le bras précieux. La présence de ce candélabre était si imposante que nous nous amusions à le consulter. « Et qu'est-ce qu'il en pense, lui, selon toi ? »

En tant qu'épouse, je lui manque sans doute peu ; comme amie, en revanche, terriblement. Vittorio mourait d'envie de me parler, surtout du livre qu'il était en train d'écrire. Cristina n'est pas en mesure de l'aider, elle prétend remanier ses manuscrits alors qu'elle ne fait qu'aggraver la situation. Heureusement, il l'a compris et a commencé à se défendre. On peut m'accuser de plein de choses, et avec raison, mais certainement pas de ça : de ne pas avoir compris ce que faisait mon mari. Je négligeais sans doute le reste – son corps ? la famille ? la maison ? – mais pas son travail. Ça, non. Ce n'est pas un hasard si Vittorio n'a plus écrit un roman digne de ce nom depuis seize ans. Depuis notre séparation, en clair.

Cristina l'a brisé. Va chercher Giulia à l'école. Tu accompagnes Giulia à la piscine ? Giulia voudrait aller faire du vélo avec toi. Comment se concentrer ainsi ? Chaque fois qu'il publie un roman, Vittorio vient me l'apporter la tête basse. « C'est juste *une petite chose* », dit-il. Comme pour s'excuser, a priori. Je m'empresse de le lire, en espérant retrouver l'écrivain que j'ai aimé (et épousé), mais de cet homme il n'y a plus de trace.

« Selon toi, c'est à cause du succès ? »

J'ai éclaté de rire. Et je me suis tournée vers le putto doré pour voir s'il riait aussi.

« Tu es tellement maso que tu n'as même pas réussi à en profiter, de ton succès. Et puis tu n'en as pas eu assez pour te poser ce genre de question.

— Tu penses que c'est la vieillesse ? »

Cela m'a agacée, car sa vieillesse est aussi la mienne, vu que nous avons le même âge. Cependant, j'ai fait comme si de rien n'était.

« Tu perds trop de temps, ai-je répondu, un peu rigide.

— D'un autre côté, avant je ne vivais que de littérature », a-t-il soupiré.

Voulait-il dire qu'il avait découvert la vraie vie après moi ? Comme la conversation dérapait, je me suis levée pour aller remplir mon assiette au buffet.

Au troisième verre de vin, Vittorio m'a confié qu'il fréquentait une jeune fille. *Vingt-six ans*, il tenait à spécifier l'âge. Je me suis gentiment moquée de lui – un échange typique entre mâles italiens – et je pensais : quelle triste complicité. Vittorio est capable de me raconter ses frasques mais pas d'avoir une discussion sérieuse sur notre fille. Du reste, c'est un courage que je n'ai pas non plus.

Selon toi, pourquoi Paoletta grossit autant ? C'est cette question que j'aurais voulu lui poser, qu'est-ce que j'en avais à faire de sa poupée de vingt-six ans. Je ne suis pas obsédée par l'alimentation comme Cristina ou Francesca, qui contrôlent tout ce que les gens mettent dans leur assiette, cependant Paoletta dépasse mon indifférence sur le sujet. Elle enfle à vue d'œil, ça me fait presque peur. On dirait une menace. Comme si elle voulait envahir mon espace, comme si elle essayait de m'écraser. Comme si elle me signifiait Maman, je ne me suis pas fait remarquer suffisamment ? Cela va avec ce maudit taxi, qu'elle a acheté pour nous contrarier. J'ai l'impression que chacun des choix de sa vie est un affront à ses parents, et ce n'est pas bon. Car ça veut dire qu'il n'y a pas de liberté.

Mais je suis lâche et je n'affronte pas le problème. Je sais très bien que ma relation avec Vittorio fonctionne parce que je ne joue pas le rôle de l'ex-femme ou de la mère de sa fille. Dans sa tête, je suis sa meilleure amie. Le soulagement est toujours unilatéral, et il faut à la fois beaucoup de patience et de dévouement pour faire que les discussions tournent exclusivement autour de lui. Néanmoins j'admets que ce n'est pas du volontariat : c'est une envie de pouvoir. Par moments, ce rôle m'ennuie un peu, malgré les immenses gratifications que j'en retire. Puis, je me dis qu'un tel divorce est précieux, et je continue à supporter. Au fond de moi, j'ai plaisir à constater que Vittorio n'est pas capable de bouger le petit doigt sans me demander la permission. Certes, mon narcissisme – que je ne peux qualifier d'inférieur au sien – est un peu frustré par le manque de réciprocité, mais aussi extrêmement flatté par l'importance que Vittorio donne à chacune de mes paroles. Je leur en accorde beaucoup moins. Les utiliser est une opération semblable à beaucoup d'autres, finalement. Seuls les plus cyniques ou les plus naïfs l'appellent littérature.

24 décembre 2014

Je meurs d'envie de lui dire ses quatre vérités. Il faut dire que c'est un sacré numéro. Quand je lui expliquais que, franchement, j'étais un peu lassée de passer Noël chez lui et que cette année j'envisageais de m'échapper à Paris, il m'a littéralement suppliée. Je-t'en-prie, Ada, ne-me-laisse-pas-seul. Comme si sans moi il se sentait *seul*. Et moi, comme une idiote, j'ai eu pitié. En fin de compte, il ne s'est pas montré.

D'accord, ça valait la peine d'être là rien que pour voir la tête de Cristina qui répétait Désolée, je ne sais pas où est mon mari, tout agitée, tandis que le risotto cuisait. Une page mémorable de l'histoire des Fumagalli, qui ne passera pas à la postérité juste parce que je tiens un journal que ma fille brûlera. Paoletta m'a déjà avertie qu'elle ne veut pas de livres en héritage, *ça prend de la place*. La place, elle préfère l'occuper, elle. C'est sa revanche sur le papier, auquel nous avons, il est vrai, consacré nos meilleures énergies.

Je n'ai jamais été douée pour la famille – et je me réfère au minimum indispensable : un mari et une fille –, je ne comprends pas en vertu de quelle terrible loi je me retrouve dans une famille élargie. Je divorce et, au lieu de me libérer d'une chose qu'au fond je n'ai jamais voulue, je reçois des sortes de stock-options sur la famille suivante, dont je deviens malgré moi actionnaire. Avec une fille de trente ans et un mari tristement remarié j'aurais pu m'en aller où bon me semblait. Pourtant je me suis laissé piéger par un dîner de Noël et c'est lui qui est parti. Bravo.

II

CARNAVAL

1

GIULIA

(La fille cadette de)

J'ai l'impression d'être sur le tournage des *Experts*, merde c'est dingue. Et moi qui me moquais de ma tante qui voulait aller chez les flics. À mon avis, en ce moment, papa est au Brésil en train de siroter une caïpirinha, mais je me garde bien de le dire. Ça n'arrive pas tous les jours une perquisition.

Je n'ai rien à craindre, de toute manière, parce qu'à la maison je ne cacherais pas un gramme de shit. Maman est pire que la police scientifique. Alors je m'amuse. J'ai fait un sourire au lieutenant Cardini, qui fouillait dans mes strings à la recherche de je ne sais quoi. Je vous en prie, lieutenant. Il a l'air un peu débile, le pauvre, mais je le trouve sexy quand même. Sans doute parce que l'uniforme a quelque chose d'excitant, même sur lui.

Giulia Fumagalli a partagé un lien.
Les Experts, Générique. Who Are You, The Who.
J'aime. Commenter. Partager.

Quand ils nous interrogent, là, je me tords de rire. Toutes à rivaliser pour raconter leurs problèmes, on dirait une thérapie de groupe, genre Alcooliques anonymes.

À mon avis, ils vont bientôt classer l'affaire pour cause d'épuisement. Ils vont dégoter un cadavre quelconque, que ma mère reconnaîtra au vol plutôt que d'admettre que son mari s'est enfui, et pour se débarrasser de nous ils inventeront une correspondance d'ADN. Merde, merde, c'est mieux que *Les Experts*. Plus besoin de rester collée à la télé.

Giulia Fumagalli a changé sa photo de couverture.
Esprits criminels. Behavioral Analysis Unit. FBI. QUANTICO.
J'aime. Commenter. Partager.

D'ailleurs, au lycée je suis devenue une star. On a déjà oublié mes pipes, largement dépassées par les événements. Maintenant mon nom n'apparaît plus dans les toilettes ou sur Ask, mais dans la chronique milanaise. *Merci, papa.* Bien sûr, dans le *Corriere della Sera* on parlait déjà de lui avant. Mais qui se tape les critiques littéraires ?

Je pense que cette année je ne vais pas redoubler. Même le prof de maths se sent obligé de me mettre la moyenne. Tout le monde est convaincu que mon père s'est fait découper en morceaux par ses femmes. Mon Dieu, c'est trop drôle. Seules grand-mère et moi sommes au-dessus de tout soupçon, enfin je crois.

Dernièrement, même les plus connes de ma classe m'invitent à dormir le samedi. Par solidarité, disent-elles. En réalité, ce sont leurs parents qui veulent des détails croustillants à faire circuler. Ils sont pires que les flics, ils ne me laissent pas manger. Question sur question. Maman refuse que j'aille dormir chez les autres, toujours aussi rabat-joie. Dès que j'ai un moment de gloire, elle me coupe les ailes. Je le lui ai dit, et en réponse j'ai pris une gifle.

À quoi pensez-vous ?
Merci à tous les amis qui ont été proches de moi dans cette période de merde.
J'aime. Commenter. Partager.

Pourtant j'ai raison. Mon père n'était *rien*, avant. Même les éditeurs s'en sont rendu compte, en réimprimant sur-le-champ tous ses livres, introuvables il y a quelques jours. Qu'il serait content s'il savait qu'il vend mille exemplaires par semaine maintenant. Même cet essai sur Nabokov que ma mère critiquait sans arrêt (« Tu aurais mieux fait d'écrire un polar ») a du succès.

Ada a énervé tout le monde en disant que ce changement d'image est en réalité une brève parenthèse parce qu'aujourd'hui *un auteur ne peut même pas se permettre d'être mort*. Les gens veulent des écrivains en chair et en os, toujours à disposition, ils se fichent des livres. Il a tout à gagner à réapparaître, assure-t-elle.

Mais si ça se trouve, il va mieux. Il a compris qu'on ne peut pas vivre heureux ici, dans cette ville cruelle, où on ne te prête de l'attention que si tu es important (vivant ou mort, c'est pareil). Ici seuls les malheureux peuvent jouer des coudes, alors il est parti. Bravo papa.

Je sens parfois monter une certaine mélancolie quand je me demande pourquoi il ne m'a pas emmenée avec lui. Certains soirs, plus sombres que d'autres, je me rends compte que je suis vraiment fâchée. Surtout contre ma mère, qui l'a toujours accaparé : je n'ai pas pu profiter de lui. Dès qu'on commençait à parler, elle intervenait, jalouse aussi de moi. Pourquoi est-ce qu'elle m'a mise au monde, dans ce cas ? Pour faire chanter papa ? Pour le forcer à quitter Ada ?

Ce doute m'est venu quand la police a interrogé ma sœur : Paoletta a révélé des choses que je ne savais pas. De ma chambre on entend tout, si on ne ferme pas la porte. Et je ne ferme jamais la porte avec la police dans les parages, moi aussi je mène mon enquête.

Giulia Fumagalli a actualisé son statut.
Connais-toi toi-même (mais les autres aussi, si tu peux).
J'aime. Commenter. Partager.

« Je deviens folle avec toutes ces femmes, disait hier Solari à Cardini, je commence à penser qu'on m'a confié cette affaire pour se venger de ma promotion. »

Elle est capitaine et lui est lieutenant, elle lui parle avec dédain. Elle le traite comme un tocard, sans doute parce que c'est un peu ce qu'il est. Ils étaient enfermés dans le bureau de papa, à fouiller dans ses papiers, persuadés que je ne pouvais pas les entendre. Mais ces vieux murs sont terribles, ils ne t'épargnent même pas les éternuements des voisins.

Je l'imaginais différente, Solari. J'avais beaucoup d'attentes sur la figure de l'enquêteur. Elle n'a pas le charme d'un commissaire norvégien alcoolique, par exemple. Elle me semble excessivement saine : elle mange tout ce qui contient des oméga 3, du riz et du maïs, des pâtes sans gluten, de la salade avec plein de graines et des fruits frais. Pire que ma mère et ma tante réunies. Hier elle est restée déjeuner : elles étaient insupportables, elles ne parlaient que de kamut, de konjac et de quinoa.

Elle n'a pas non plus le charisme d'une hackeuse suédoise tatouée. Au contraire, elle a l'air assez peu dégourdie avec son ordinateur, elle demande toujours de l'aide à Cardini. Et à deux ils ne sont pas beaucoup plus efficaces, un après-midi j'ai dû leur donner un coup de main. En cinq minutes j'ai ouvert la boîte mail de papa et tous les autres documents. Rien de plus simple.

Elle ne dissèque pas de cadavres, ne résout pas les problèmes en mesurant la température d'un foie, quelle déception. Et elle ne cache pas que c'est sa première enquête. Elle nous a raconté qu'il y a encore une semaine elle était instructrice, elle n'a jamais été envoyée sur le terrain. Elle n'a probablement utilisé son arme qu'au centre de tir, pour obtenir sa licence. Cette vie rangée lui convenait bien : elle ramenait un salaire à la maison et rentrait à temps pour les devoirs de son fils. Elle ne comprend pas pourquoi elle est montée en grade. Moi non plus. En plus, elle n'arrête pas de se plaindre, elle prétend qu'à cause de nous elle a perdu toute sa tranquillité.

« Pour commencer, elles m'ont prise pour une psychanalyste, elle disait hier à Cardini, c'est elles qui devraient me payer, pas l'État. Ce sont des *témoignages*, pas des séances de thérapie. Elles sont prêtes à me confier leurs souvenirs d'enfance, si je ne fais pas attention. Il ne manque plus qu'elles s'allongent. » Enfin quelqu'un a compris ce qu'est ma famille : voilà le vrai thriller.

Solari et Cardini, les pauvres, sont désespérés. Ils n'ont même pas un beau cadavre comme point de départ. Dans *Les Experts*, chaque épisode commence avec un mort. Des gens charmants, même avec le thorax ou le ventre recousus. Ils ont été tués de manière atroce, mais semblent juste sortis d'une fête. Tous séduisants, jusqu'à la morgue. Eux, par contre, ils n'ont que nous (« Sept folles qui tentent de se faire passer pour des *victimes*, en éclipsant la principale », dit Solari).

Quand Cardini est descendu à la cave pour changer une ampoule (elles lui demandent toutes mille services), Solari s'est jetée sur son téléphone. Elle parlait avec un colonel, son chef, j'imagine.

« Vous m'avez refourgué le plus demeuré du service,

protestait-elle, mais même lui elles arrivent à se le disputer. Elles l'ont asservi, colonel, croyez-moi. À l'instant où je vous parle Cardini est à la cave, sur une échelle, en train de changer une ampoule. Hier elles lui ont fait réparer le lave-vaisselle qui fuyait. »

« Vous devriez voir comme elles se le disputent, sans doute parce que c'est le seul homme en circulation. Qui lui prépare un café, qui lui offre des petits gâteaux : elles inventent n'importe quoi pour le garder là, dans le salon, et lui raconter des méchancetés sur les autres. Vendredi, quand on est retournés au véhicule, je lui ai dit Eh, Cardini, arrête maintenant, t'es pas venu voir ta tante. Mais il est comme ça, benêt et gentil, alors il les subit. »

Je m'amuse trop. *Papa, ne reviens pas, je t'en prie.* Quand Solari a avoué qu'elle ne connaissait pas les romans de mon père, elles lui en ont tout de suite collé trois dans les mains. « En espérant que Vittorio pourra bientôt vous les dédicacer. » Et elles sont capables de l'interroger, comme si le vrai crime c'était le sien.

2

CRISTINA

(La femme de)

En ce moment je suis très nerveuse. Carlo m'accuse de passer mes nerfs sur lui, les rares fois où nous nous voyons. Du reste, je n'ai jamais le temps. L'absence de Vittorio m'a perturbée et, pour avancer sans me disperser, je dois m'accrocher à chaque petite tâche quotidienne. Je vais jusqu'à me construire des tableaux de bord à respecter. Mais Carlo ne comprend pas.

« Tu n'es plus amoureuse de moi, dit-il, comme si maintenant que Vittorio n'est plus là, ma présence ne comptait plus. »

Ce n'est pas ma faute si un jour il y a le marché et si l'autre je dois porter les couettes chez le teinturier. Je regrette d'avoir renoncé à nos rendez-vous matinaux et à nos petits-déjeuners, mais si je ne vais pas faire mon jogging au réveil, après je n'en ai plus le courage. J'ai besoin de courir, pour éliminer les toxines que ce stress me procure. Et si le soir, en sortant du bureau, j'ai d'autres priorités, il ne doit pas imaginer Dieu sait quoi. L'esthéticienne et le coiffeur ont pris une valeur différente, tout est devenu beaucoup plus important qu'avant, même les choses stupides. Car je n'ai pas l'intention de me laisser aller. Pas question. Mon mari a *juste disparu*. Il pourrait revenir d'un instant à l'autre. Il ne doit pas me trouver avec des poils sur les jambes.

Carlo ne comprend pas que chaque geste me demande des efforts surhumains. Que je ne sais toujours pas comment j'ai fait pour ne pas me mettre au lit et ne plus jamais me lever. Cette tentation est toujours là et me terrorise. Il ne comprend pas qu'aller travailler ce n'est rien. J'organise des événements et ces événements sont loin, ce sont des choses qui arriveront un jour. La vraie difficulté est de gérer les petites tâches immédiates, les plus banales. Je me réveille le matin et elles me semblent insurmontables. Mon Dieu, je dois amener la voiture au contrôle technique. Mon Dieu, j'ai une bande blanche au milieu de la tête, il est urgent que je refasse ma couleur. Mon Dieu, je dois renouveler mon assurance maladie. Mon Dieu, il n'y a plus ni viande ni poisson dans le frigo, que vais-je cuisiner à ma fille ce soir. Du coup, avant de me lancer dans quoi que ce soit, je vais courir. Le train est parti, il reste les quais. Maintenant il faut continuer à pied, d'accord, mais j'ai un cap, et je dois le suivre.

(« Et le train c'était Vittorio ? — Dans quel sens ? — Tu as dit ça. Qu'il ne reste que les quais. Tu as l'impression d'être à pied sans lui ? — Tu tiens des propos absurdes. Il y a des choses bien plus sérieuses qui me préoccupent. — Tu es devenue insupportable, Cristina. — Je voudrais voir comment tu te comporterais si ta femme disparaissait. »)

Selon moi, Carlo y pense parfois, et se demande comment ce serait si sa femme disparaissait. Il a peut-être honte de l'admettre, cependant ça ne lui déplairait pas que soudain elle s'en aille (en emmenant leurs trois enfants, évidemment) et le laisse avec une existence vide, toute à réinventer. Regrettant bien vite cette divagation enfantine, il essaie probablement, de temps en temps, d'imaginer l'angoisse qu'on éprouve lorsqu'on ignore où se trouve l'être aimé. Sa femme ne partirait pas volontairement, et ne se suiciderait jamais. Il resterait donc l'option de l'homicide. Selon moi, par moments, il a peur que quelque chose de terrible soit arrivé à Vittorio. Mais il ne me le dit pas.

Au fond ce serait très facile de tuer Vittorio. C'est un homme trop gentil, trop disponible avec les autres, désarmé au sens large, il n'est jamais sur la défensive. Il m'arrive de téléphoner à Carlo en larmes après avoir imaginé un horrible scénario. Qu'il s'est arrêté sur la route pour aider une voiture en panne et qu'on l'a enlevé, puis assassiné. Ou alors qu'il s'est intéressé à une étudiante psychopathe amoureuse de lui, une *stalker*. Ou qu'il a tenté de calmer un ivrogne qui le menaçait avec un couteau. Carlo m'écoute patiemment. Selon moi, il se sent coupable au fond de lui, comme si c'était lui qui l'avait assassiné. Il écoute aussi mes longs sanglots, peu importe si au milieu il n'y a pas un mot.

Mais les pires crises surviennent lorsque j'oublie que Vittorio a disparu. C'est fréquent. Je suis distraite et mets le couvert pour trois. Je vais au supermarché et achète ses biscuits préférés. Je l'appelle sur son portable si j'ai un pneu crevé. Le plus grand embarras, je l'ai éprouvé quand on m'a invitée à dîner et que j'ai répondu Merci, je dois demander à mon mari.

(« J'oublie, tu comprends ? Comment peut-on oublier une chose pareille ? — Tu devrais peut-être te faire aider par quelqu'un. — Quelqu'un comme ma belle-sœur ? Pitié. — Il n'y a pas que ta belle-sœur. Chicca est un cas désespéré, ils ne sont pas tous comme ça. — Quand je pense à ses patients, les pauvres. — Ne pense pas à ses patients, maintenant, pense à toi. »)

Puis, un jour, je vais le voir à son cabinet. Je suis exaltée, sans doute parce que c'est Mardi gras. Dehors tout est très coloré, bruyant. J'ai envie d'être colorée et bruyante aussi. Carlo ne s'attend pas à cette visite et libère son assistante un peu plus tôt. Il lui raconte que c'est juste un détartrage, qu'il peut se débrouiller seul. La jeune fille suspend sa blouse, enfile son manteau et le salue avec un sourire malicieux. Bonne soirée, docteur.

J'entre et regarde autour de moi. J'ai l'impression d'être là pour la première fois. Il faut dire que la salle d'attente n'est pas très accueillante, mais avant je n'y prêtais pas attention. Le canapé et les fauteuils sont design, bien qu'en cuir, certainement pour des raisons hygiéniques, et cela rend l'espace un peu clinquant. Les magazines sur la table sont également un peu vulgaires : automobile, mode et décoration. Ça plaît sans doute à ses patients, il ne peut pas les contraindre à lire Dieu sait quoi. Pour la même raison, la radio est réglée sur une station pop, spécialisée en chansons mièvres. Mais je ne lui demande pas d'éteindre, je suis restée bloquée sur l'éclairage. Il est vraiment insupportable.

« Ce néon est affreux. Tu ne peux pas mettre une autre lampe ? »

Carlo s'approche de l'interrupteur et éteint tout.

« Si tu n'as pas peur du noir », me murmure-t-il à l'oreille en déboutonnant mon gilet.

C'est un bel homme, je m'en rends compte. Ses fesses sont fermes et rebondies. Il a des bras forts, des bras qui me retiennent. Ses cheveux sont épais, légèrement grisonnants, et je les serre dans mon poing. Il a vingt ans de moins que mon mari, tout simplement. Je me rends compte de ça aussi.

« À ton avis, Giulia devrait porter un appareil ? »

Carlo se lève d'un bond, traverse la pièce à grands pas et rallume. Il pose les mains sur ses hanches. Il s'en fiche complètement si tout à coup cette lumière me dérange. Il me regarde droit dans les yeux. Je suis encore allongée sur le canapé, le ventre découvert et la jupe relevée. Je ne le regarde pas.

« Il faut qu'on parle », dit-il.

Je me redresse, reboutonne mon gilet et lisse ma jupe sur mes cuisses.

« De quoi ?

— De ce qui se passe. »

Maintenant il a les bras croisés. Je hausse les épaules.

« Personne ne sait ce qui se passe, c'est bien le problème.

— Non. De ce qui se passe *entre nous.* »

Carlo s'assied, mais à quelques centimètres de moi, une distance de sécurité.

« Je ne te plais plus ? »

Je secoue la tête.

« Alors ?

— C'est toujours si simple pour *vous*, je réponds. »

Là, Carlo s'énerve pour de bon.

« Va te faire foutre, j'ai la patience d'un saint, je t'écoute continuellement, bordel de merde, je suis le moindre mouvement de ton âme. Que veux-tu de plus ? Je n'accepte pas d'être traité comme ça, désolé, je ne l'accepte pas. *Qui, vous ?* Les garçons, les hommes, les amants… C'est trop simple pour toi, pauvre conne. Qui, vous ? » Il crie à présent. « Qui, vous, hein ? »

Je le regarde probablement comme une femme qu'on vient de frapper, même si lui n'a frappé personne. Et Carlo ne comprend pas pourquoi ce regard le remplit d'une telle culpabilité quand il n'a rien fait. Il s'excuse.

« Tu perds la tête », dis-je.

Carlo est probablement trop triste pour me répondre qu'il n'a jamais perdu la tête dans cette histoire. Qu'il a toujours été conscient de n'être qu'un pansement, voire un pis-aller.

« Je sais très bien que tu ne me places pas à la même hauteur que Vittorio.

— Laisse tomber Vittorio.

— Il vaut peut-être mieux qu'on se dise au revoir, Cristina. »

Il parle avec calme, gentillesse, douleur. Je fonds en larmes.

« Tu es une merde *toi aussi*, tu m'abandonnes au premier signe de faiblesse.

— Tu as raison, l'éclairage de cette salle d'attente est horrible. » Pendant ce temps, il s'approche à grandes enjambées. Je le regarde comme si j'étais totalement indifférente à ce qu'il veut me dire et me lève. Mais il m'a déjà rejointe. Il me fixe en silence un instant. Puis il me donne une gifle.

« Merde j'en ai marre d'être un chevalier servant. »

Je me touche la joue, stupéfaite. Je ne sens aucune douleur : la surprise fait office d'anesthésie. Les yeux écarquillés, je tords lentement la bouche, puis le montre du doigt, sans rien dire. Je le montre du doigt, simplement. Tout est bloqué dans ma gorge. Carlo a sans doute déjà compris. Je crois qu'il a entendu le galop de la cavalerie : la haine explose.

« Vittorio ne m'a jamais frappée.

— Ah, ton héros.

— Je vais porter plainte.

— Les flics sont chez toi, profites-en. »

Je bondis en avant et saisis son cou. Instinctivement je serre au bon endroit, comme si je voulais vraiment l'étrangler. Carlo sait probablement *qui* je tente de tuer, mais il doit se concentrer sur mes bras musclés, pour m'arrêter.

Il parvient à me repousser, en m'assenant un coup sur le sternum. Je retombe sur le canapé. Nous avons le souffle court, tous les deux. Arrivé à un certain point, il n'y a plus de mots.

« Ne dis rien.

— Je ne dis rien, me répond-il, je ne dis plus rien. »

3

PAOLETTA

(La fille aînée de)

Le carnaval ambrosien dure plus longtemps. Dans toute l'Italie la fête se termine le Mardi gras, ici par contre elle continue jusqu'au samedi. Et cela parce qu'un jour, saint Ambroise a disparu (comme une de nos connaissances) en promettant aux Milanais de revenir avant le carême. Ne le voyant pas revenir, les Milanais comprirent qu'ils ne pouvaient faire qu'une seule chose pour le contraindre à respecter le pacte : prolonger le carnaval jusqu'à son retour. Charmante histoire, exemplaire même. À Milan tout doit fonctionner selon le programme établi, donc, si l'évêque ne se présente pas le Mardi gras, on fait durer le carnaval jusqu'à ce que l'évêque se présente. Une logique impeccable. Et pleine d'espoir : cette confiance milanaise dans la programmation a quelque chose d'attendrissant.

Serons-nous contraintes nous aussi de prolonger cette mascarade au-delà de tout délai raisonnable ? Dois-je supporter ce masque encore longtemps ? Mon déguisement a été choisi par les autres : ils m'ont déguisée en monstre. En *monstre présumé*, plutôt. Car dans un contexte d'*homicide présumé* – oh, qu'ils sont attentifs à éviter les plaintes – même le monstre doit s'adapter.

Je parcours la chronique locale et me rends compte que

je suis la plus appréciée parmi les suspectes. Sans doute parce que je suis la moins glamour de la famille. Le glamour fait tout, ici. Je pèse quatre-vingt-douze kilos, je me traîne dans de larges pulls achetés chez les Chinois et je suis taxi alors que mes parents sont écrivain et journaliste. Je résume à moi seule les pires tares sociales, j'incarne les peurs milanaises les plus larvées. Ils n'attendent plus que j'avoue avoir commis un meurtre. Et tout tournerait rond, car tout doit toujours tourner rond, attention.

Eh bien oui, j'ai découpé mon père en morceaux avec une scie électrique. Et j'ai dissous les restes dans la baignoire avec de l'acide. Vous êtes contents ?

Ma mère, naturellement, n'est pas partie à Paris. Cependant, elle n'est pas d'une grande aide. À mon avis, elle est convaincue qu'une chose terrible est arrivée simplement parce qu'avant de s'enfuir papa ne lui a pas demandé la permission. Elle trouve *invraisemblable* que d'un coup, il ait dépassé l'éternelle dépendance à son égard.

Je l'ai compris un soir, je dînais chez elle et maman fixait hébétée son blanc de poulet. Soudain, elle a levé la tête.

« C'est étrange, a-t-elle dit, Vittorio m'aurait appelée même après avoir commis un crime. Pour me demander *comment faire disparaître le cadavre.* »

Inutile de rire, malheureusement ce n'était pas une plaisanterie. Inutile aussi de lui expliquer que j'ai parlé longuement avec la capitaine Solari, une personne simple mais raisonnable (et dotée d'une patience infinie, surtout avec nous), et qu'elle est entièrement de mon avis. Tout fait penser à une disparition volontaire, point.

Après avoir envoyé ce message absurde à grand-mère, mon père a laissé son portable dans un bar. Et pas n'importe quel bar. Il l'a laissé chez Cucchi, où il est un habitué (j'avais raison de l'imaginer là-bas même le soir de Noël).

Le serveur, qui le connaît bien, a tout de suite déposé l'iPhone à la caisse et, le lendemain, comme il ne venait pas le chercher, ils nous ont appelés. Papa sait parfaitement qu'il suffit de contrôler les réseaux auxquels un téléphone se connecte pour reconstruire le parcours d'un individu. Évidemment il n'avait aucune envie d'être repéré.

Pareil pour sa carte de crédit qu'il a laissée, bien en vue, sur son bureau à l'université (et ce n'est sans doute pas un hasard s'il a pris une année sabbatique précisément maintenant). La carte bancaire est très pratique, c'est sûr, mais elle trahit chacun de nos mouvements. Dans le même genre, un mois avant de disparaître, il a ouvert un nouveau compte, dans une autre banque que la sienne, pour y verser une somme plutôt conséquente, probablement une prime d'assurance à peine échue. L'opération est significative, surtout si on considère que pendant des mois il a effectué des retraits régulièrement, cinq mille euros à chaque fois, jusqu'à assécher le compte en question avant Noël. Il a dû faire ce trafic parce que l'autre compte, celui qu'il utilise d'habitude, est en commun avec Cristina, et elle contrôle obsessionnellement toutes les entrées et sorties. Il n'était pas libre non plus de dépenser son argent comme il voulait, le pauvre.

Son passeport, il l'a pris par sécurité. D'accord, son nom n'apparaît sur aucun vol. Mais il peut avoir présenté un faux document, dans les aéroports on ne vérifie pas forcément. Solari affirme que ça arrive souvent et qu'il n'est pas difficile de s'en procurer un. Ou alors il a pu franchir une frontière en voiture sans être arrêté. Ou bien il est simplement resté ici. Personne n'est allé compter ses caleçons, il en a peut-être emporté quelques-uns. En revanche, il manque sa cravate préférée ; impossible qu'il l'ait jetée.

Solari m'a expliqué que maintenant les forces de l'ordre

ont à disposition une base, qui sert à comparer les données biométriques de la personne disparue – mesures des variables physiologiques, dimension du crâne, conformation du squelette, et cetera – avec celles des cadavres non identifiés. Mon père, Dieu merci, ne correspond à aucun d'entre eux.

Nous, du reste, nous lui avons raconté que ce n'est pas sa première disparition, sauf que la fois précédente nous n'avions pas alerté la police. En somme, il nous avait déjà fait le coup seize ans plus tôt, quand il ne savait pas comment dire à ma mère que Cristina était enceinte. Maman, cependant, n'était pas allée au commissariat, elle s'était contentée d'attendre qu'il trouve le courage de lui parler. Là aussi, papa avait laissé un message énigmatique, sur le frigo je crois.

Ma tante, qui a perdu la tête et qui se prend pour Miss Marple, a naturellement tout de suite mis les pieds dans le plat. Elle a allègrement court-circuité l'inspectrice en charge de l'affaire et a téléphoné à Camilla Tabellini pour savoir si elle était enceinte (« Mais que dites-vous, madame ? Je vous en prie ! »). Le lendemain c'est moi qui ai dû l'appeler, pour m'excuser.

Elle a été très gentille, elle comprenait parfaitement et m'a semblé plus bouleversée que nous. L'ennui c'est qu'elle a sauté sur l'occasion et m'a invitée à prendre un apéritif. « Pour avoir des nouvelles de l'enquête », m'a-t-elle dit. Comment pouvais-je refuser ?

Ainsi, Jeudi gras, nous sommes allées boire une bière, puis deux, puis trois. Nous bavardions si bien, si volontiers, que nous avons dîné ensemble. De toute façon, personne ne nous attendait. Nous avons atterri dans un petit restaurant typiquement milanais, trouvé par hasard tandis que nous marchions dans le brouillard. Un brouillard épais, qu'on ne voit presque plus désormais, qui rend les rues du centre-ville spectrales en faisant apparaître comme un mirage n'importe quel endroit chaud et bien éclairé, où le contour des choses d'un coup redevient net. Quand nous nous sommes assises, en tête à tête, nous avons eu un peu envie de rire. *Nous. Maintenant, ici.* Comme si tout le parcours précédent avait été une fantasmagorie.

Une bonne bouteille de vin valdôtain, légèrement fumé, a fini de délier la conversation. Mais l'homme dont me parlait Camilla n'était pas mon père. C'était une personne que je ne connaissais pas. Timide, sans assurance, gauche. Quelqu'un qui trébuche, qui brise des objets, complètement incapable de séduire.

« Vraiment, ces lunettes te plaisent ? » Camilla les a ôtées et, en plissant les yeux, me les a tendues. Elle voulait que je les regarde de près. « Eh oui, ce sont des Prada. Je n'ai jamais eu d'aussi belles lunettes. » Toujours avec le visage contracté, afin de me voir sans ses verres correcteurs. « C'est lui qui me les a offertes. Mais ne t'imagine pas qu'il couvre les femmes de cadeaux. C'est le seul qu'il m'a fait. Évidemment pas pour mon anniversaire, impossible qu'il s'en souvienne. Il me les a achetées parce qu'un après-midi, sans faire exprès, il s'est assis sur les miennes. »

Il lui avait enlevé ses lunettes, pour l'embrasser. Puis il avait oublié qu'il les avait posées sur le canapé. Et, en bougeant, il avait réussi à les casser en deux, avec son derrière.

« J'exagère avec les détails ? Ça te semble déplacé ?

— Non, non, pas du tout.

— Mais ne t'imagine pas une scène trop passionnelle.

— Non ?

— Non. Toutes ces femmes, tu sais, je m'en faisais une montagne. Et finalement... J'exagère ? Si j'exagère, arrête-moi.

— Pas du tout, pas du tout. »

J'étais très intéressée. À l'écouter, papa allait la voir et ils passaient l'après-midi à bavarder. Le summum de la transgression consistait à manger du chocolat au lait, qui était banni chez Cristina parce que le lait est très mauvais pour l'organisme. Ou des cochonneries comme les chips à la moutarde qui, chez lui, seraient immédiatement passées par la fenêtre.

« Des chips à la moutarde ?

— Ou des Chipster », a ajouté Camilla, sérieuse, avec une sensibilité presque philologique. « Je l'ai dit à la police. De la glace au caramel aussi, Häagen-Dazs. Il descendait des pots entiers de macadamia. Il semblait venir chez moi exprès pour ça. »

Mon père avait besoin d'une jeune maîtresse *pour manger* ? Il aurait pu venir chez moi, dans ce cas. J'essayais de rire, avec difficulté toutefois. Puis, Camilla a éclaté en sanglots.

« J'étais tellement amoureuse, pourquoi est-il parti comme ça ? »

Maintenant il fallait en plus que je la console.

Après le dîner, vu que nous étions du côté des Navigli, dans mon quartier, je l'ai invitée à la maison pour un dernier verre. Histoire de se calmer un peu. À la fin, Camilla était tellement ivre que je n'avais pas le courage de la laisser rentrer en métro. Alors j'ai déplié le canapé-lit et j'ai sorti une paire de draps propres. Elle, titubante, m'a prise dans ses bras.

« Tu sais que je n'ai jamais dormi avec ton père ? »

Je lui ai prêté une chemise de nuit, sans faire de commentaires. Tandis que Camilla ronflait dans le salon, j'ai ouvert la fenêtre un instant pour aérer. J'ai entendu un rire monter de la rue et je l'ai refermée tout de suite.

4

CAMILLA

(La maîtresse de)

Tu es au commissariat et tu as terriblement honte : tu as fondu en larmes dès que tu t'es assise. Le lieutenant Cardini, gentil comme d'habitude, te prépare un café. Et la capitaine Solari t'a autorisée à fumer une cigarette, bien qu'en théorie ce soit interdit.

« Ne vous inquiétez pas, on va ouvrir la fenêtre. »

Malgré tout, tu ne peux pas t'arrêter de pleurer. Tu t'es pointée là, avec une éruption cutanée sur le visage, ça les a sans doute touchés. Ils ne le savent pas, mais tu as également le dos couvert de taches blanches, et tu te grattes comme un chien galeux depuis des semaines. La dermatologue dit que c'est le stress, ça arrive quand les défenses immunitaires baissent. Elle t'a donné des comprimés et une pommade, cependant la démangeaison ne passe pas.

Entre deux sanglots, par moments, tu as un peu envie de rire, parce que tu dis des choses absurdes, qui sortent de ta bouche comme durant une séance d'hypnose, et il n'y a pas moyen de les contrôler. Tu ne cesses de répéter que toi, Camilla Tabellini, tu es innocente, mais que si Vittorio revenait tu *deviendrais volontiers coupable*. Que tu penses sérieusement à lui planter un couteau de cuisine dans le ventre. Que s'il y a eu homicide, tu n'y es pour rien, mais si ce n'est pas le cas, alors tu vas t'en charger. Tu pleures et tu ris, tu ris et tu pleures, de plus en plus confuse.

« Calmez-vous, madame Tabellini, personne ne vous accuse.

— Je sais, je sais », et tu t'agites encore plus. « Je crois que vous n'avez pas compris : *c'est moi qui l'accuse.* »

Tu souffles dans un mouchoir humide, réduit en petite boule, tu prends une grande respiration et tentes d'expliquer à Cardini et à Solari que cette fugue sympathique t'a également coûté ton travail.

Ton contrat à durée déterminée n'a pas été renouvelé car ta position mettait la maison d'édition dans l'embarras. L'espace d'un instant tu es prête à leur confier que ce licenciement est aussi une affaire de jalousie, sûrement une mesure de rétorsion de ton chef qui ne t'a pas pardonné la liaison avec Vittorio, mais tu te retiens. Au fond, ça te regarde, tu n'en es pas très fière et ça ne sera certainement pas utile aux recherches.

« Et qui va payer le loyer, maintenant ? » Tu pleures à nouveau : « Je ne veux pas rentrer chez mes parents, ce n'est pas juste. »

La perspective de quitter Milan pour retourner la queue entre les jambes au milieu des rizières et des nuées de moustiques, au fin fond de la plaine novaraise, dans un village coincé entre l'autoroute et un centre commercial, redouble tes pleurs. Tu ne peux pas finir ainsi, démolie par une histoire à ce point absurde. Un type disparaît et tu dois disparaître aussi ? Pourquoi ?

« Allez, vous trouverez une autre maison d'édition. »

Au commissariat, ils essaient de te consoler.

« C'est impossible », réponds-tu toujours en larmes.

Quand tu envoies ton C.V., personne ne regarde ton diplôme avec mention. Le monde de l'édition est petit, tu n'as pas d'échappatoire. Ils t'associent tous à cette affaire et, tant qu'elle n'est pas réglée, pas d'espoir. Tu as peut-être tué un auteur, il vaut donc mieux éviter de t'en confier d'autres.

Tandis que tu révèles tes malheurs aux policiers, comme s'ils pouvaient t'aider à retrouver un emploi décent, correspondant à ton niveau d'études, tu commences à sentir ta tête tourner. Et tes poumons s'obstruer d'un coup. Tu tousses, mais ils ne se libèrent pas : l'air ne passe plus. Alors tu te mets à crier.

« Au secours, au secours ! Je n'arrive plus à respirer ! Je ne respire pas, je ne respire pas ! Aidez-moi ! »

Cardini te fait monter dans son véhicule et t'accompagne aux urgences, toutes sirènes hurlantes. Une telle expérience pourrait être amusante, mais tu ne profites pas du trajet : la vitre baissée, comme un chien qui pointe son museau au-dehors pour flairer le vent, tu essaies désespérément de respirer, rien d'autre. À l'hôpital, on t'explique que c'est juste une crise de panique et tu es encore plus désorientée, parce que tu n'en as jamais eu. Pendant qu'on te perfuse des calmants, Cardini te tient la main. Tu voudrais le remercier, cette mission dépasse complètement ses compétences, mais tu ne parviens pas à ouvrir la bouche. Tu continues de pleurer, tout doucement, presque en sourdine.

Le soir, quand ils te renvoient chez toi, Cardini te raccompagne (sans les sirènes, cette fois). Il ne veut pas que tu ailles dormir l'estomac vide, alors il fait la queue à la pizzeria au coin de la rue et t'apporte une margherita, pendant que tu l'attends, couchée sur le canapé, assommée par les calmants.

« Je vous fais faire des heures supplémentaires, lieutenant, excusez-moi.

— Ne vous inquiétez pas, hier j'ai déjà accompagné

Lucrezia chez le cardiologue. Elle a eu une crise de tachycardie. On a eu peur, vous savez.

— Vous devez nous maudire. »

Tu as encore envie de rire.

Et lui réplique, sans la moindre ironie : « Je suis le seul homme dans cette enquête, je me sens responsable. »

Tu lui offres un peu de pizza et vas voir s'il reste quelques bières dans le frigo.

« Je ne veux pas vous retarder, lances-tu depuis le couloir, votre femme vous attend sans doute pour dîner.

— Je vis avec ma maman. »

À son âge ? Tu réprimes un sourire blessant et te concentres sur le décapsuleur, puis sur la mousse qui jaillit du col de la bouteille dans un élan rageur. Elle souffrait d'être sous pression, comme toi.

Vous mangez ensemble. Cardini te confie que cette affaire l'a beaucoup touché. Il utilise le terme *attaché* – je me suis *attaché* à vous – et tu es étonnée. Tu l'imaginais autrement, la police. Ou les carabiniers. Tu ne fais pas vraiment la différence, pas comme eux. Pour toi c'est un métier de durs, voilà, qui n'a rien à voir avec cette sorte d'assistance.

Tu as envie de lui demander plein de choses, à Cardini, par exemple ce qu'il pense des autres. Pour l'aider à vaincre sa timidité, tu vas à la cuisine chercher une bouteille de liqueur. Vittorio adorait le Braulio. Ça aussi, c'était interdit chez lui. Bourré de sucre, disait Cristina, et vulgaire.

« Vous en voulez une goutte ? De toute façon vous n'êtes plus en service. »

Cardini est très discret, mais tu te rends compte que le personnage de Vittorio le fascine. Tandis qu'il sirote son Braulio, il t'avoue qu'il se pose beaucoup de questions, bien au-delà de l'enquête. Il se demande, par exemple, pourquoi cet homme est tant aimé.

« Vous m'autorisez une expression colorée ?

— Bien sûr.

— En somme, toutes ces femmes qui..., Cardini avale sa salive, hésitant à être sincère.

— Toutes ces femmes qui ?

— Qui se le disputent *comme des chiens avec une cuisse de poulet*.

— Du poulet ?

— Oui, du poulet, répète Cardini, c'est l'image qui me vient à l'esprit. » Il est devenu tout rouge, mais c'est peut-être à cause du Braulio. « Un lambeau de chair après l'autre, *jusqu'à l'os*. Qu'est-ce qu'il avait de si spécial ? »

Cette comparaison te trouble, tu n'as plus trop envie de discuter finalement. Tu es un peu fatiguée.

« Je ne sais pas. » Tu hausses les épaules pour couper court.

Tout de suite après, tu le remercies pour son soutien et l'accompagnes à la porte. Ce n'était pas une bonne idée le Braulio avec tous ces calmants dans le corps, tu as encore plus la tête qui tourne maintenant. Cardini récupère son chapeau et son pistolet, déposés par délicatesse sur une console.

« Les médecins ont dit que les crises de panique peuvent être les premiers symptômes d'une dépression, prenez soin de vous, madame Tabellini. J'insiste, allez voir un psychologue, comme ils vous l'ont conseillé aux urgences.

— Pourquoi ? Le corps des carabiniers ne suffit pas ? Vous ne prescrivez pas de médicaments au commissariat ? »

Cardini rit et tu le salues de la main. Tu lui envoies carrément un baiser, l'index et le majeur sur les lèvres. Puis tu retournes au salon, en traînant les pieds sur les carreaux en terre cuite. *Du poulet*. Tu continues d'y penser. *Jusqu'à l'os*. Comment ça lui est venu à l'esprit ?

5

LUCREZIA

(La mère de)

Lieutenant Cardini, merci encore, vous êtes si gentil. Vous savez, je ne voulais pas y aller, chez le cardiologue, en ce moment nous avons des problèmes plus importants. Mais Chicca a tellement insisté. Vous la connaissez, désormais. Venez, entrez, entrez… Puis-je vous offrir un verre de vin ? Je sais, je sais, le cardiologue a dit que je ne devais pas boire. Seulement à quatre-vingt-neuf ans on a du mal à renoncer à ses habitudes. Asseyez-vous un instant, je vous en prie. Marika ? Tu nous apportes ce beaujolais qu'on m'a envoyé ? C'est le cadeau d'un ami français, vous savez, un pianiste. Je dois avoir un de ses disques quelque part. Aimez-vous la musique classique, lieutenant ? Peu importe. Vous pouvez commencer à en écouter maintenant. Vraiment ? Fasciné par ma famille ? Oh, ne nous idéalisez pas s'il vous plaît, nous sommes toutes des harpies. Vous avez acheté un livre d'Ada ? Juste ciel, quel héros. Ce n'était pas nécessaire. Personne n'en éprouve la nécessité, à vrai dire. Avez-vous une famille, lieutenant ? Ah, voilà. Je comprends à présent. Cependant ne commettez pas l'erreur de trop vous attacher. Vous êtes jeune, vous devez faire carrière. Nous, les femmes, nous savons fort bien brouiller les pistes. Non, non, mon Dieu, je n'insinue rien. Je dis simplement que s'il y a un mystère, à un moment donné, quelqu'un doit le résoudre. Je ne parle pas d'homicide parce qu'il m'est difficile d'accepter l'idée que je puisse survivre à mon fils, je crois que ce refus est naturel. Lorsqu'il s'énervait, mon mari disait toujours Tu nous enterreras tous, toi. C'est une phrase tellement cruelle, la plus cruelle des phrases. Et je ne veux pas lui donner raison. Je l'ai enterré lui, d'accord. Mais c'était un hasard, le contraire aurait pu arriver. Maintenant je souhaite mourir quand il convient. Avant mon fils, en somme. Je sais que vous avez découvert que l'argent retiré ne correspondait pas à une prime d'assurance. Lieutenant Cardini, écoutez-moi, il faut exclure l'usure. Vittorio ne se serait jamais adressé à ces gens. Bon, ce n'est pas le prêt d'une société financière. Ce doit être un emprunt à un ami, alors. Il ne voulait probablement pas me demander de l'argent à moi, pour ne pas m'inquiéter. Ça, c'est possible. Mais l'usure, non. Un prix littéraire, vous y avez pensé ? Vous avez vérifié tous les virements et tous les chèques, oui, bien sûr. Il a peut-être vendu quelque chose. Vous avez vu si dans son bureau à l'université il y a encore le portrait de l'arrière-grand-père ? Un grand tableau de la fin du dix-neuvième, d'un Milanais peu connu hélas, mais d'une certaine valeur tout de même. Un homme à l'air menaçant, avec des favoris. Augusto Ruggero Fumagalli, si je ne me trompe pas. La famille de mon mari, vous savez. Bah, Vittorio le détestait. Le tableau, j'entends. Son arrière-grand-père, il ne l'a jamais connu. Ce n'est pas un hasard s'il l'avait apporté à l'université pour l'accrocher sur le mur, dans son dos. Ainsi, il ne l'avait jamais sous les yeux. Il l'a sûrement vendu. Et je crois savoir qui a pu servir d'intermédiaire. Un de ses amis qui est antiquaire et qui fait tout son trafic en espèces pour échapper au fisc et à l'avocat de sa femme. Son nom va me revenir. C'est absurde : je me souviens d'Augusto Ruggero Fumagalli et pas du nom de ce type. En tout cas, l'usure est une fausse piste ! Je sais que vous soupçonnez ce collègue dont j'ai également oublié le nom, qui s'est fait piquer sa femme par Vittorio. Mais il la lui a rendue très vite ! Il n'aurait jamais quitté Ada pour elle. Elle était belle, certes, mais tellement ennuyeuse. Comment s'appelait-elle ? Mon Dieu, c'est vraiment loin. Je vous parle d'une histoire qui remonte à trente ans. Vous l'avez vu cet homme ? Moi oui, au printemps dernier dans un restaurant, à La Brisa. Il était mal en point. Gros, avec un triple menton et les joues qui traînaient sur le col de sa chemise. Rien qu'en se levant il était essoufflé. Il m'a tendu la main, vous n'imaginez pas comme elle tremblait. Il a peut-être Parkinson. Vous comprenez, un type dans cet état ne peut tuer personne. Même avec une arme à feu. Comment ça vous est venu à l'esprit ? Je parie que c'est Chicca qui vous a mis sur cette piste. Elle seule a pu se souvenir de cet épisode. Certes, ils ont divorcé à cause de Vittorio, mais ils avaient sans doute d'autres problèmes. C'est vrai, ce collègue l'a toujours détesté, et quand il a réussi à devenir directeur du département il s'est bien vengé, cependant un homicide me semble exagéré. Au fait, que pensez-vous de la capitaine Solari ? Parlons-en. Ça reste entre nous, je vous le promets. Non, non, bien sûr, je ne veux pas vous mettre dans l'embarras. Mon Dieu, non. Alors je vais vous dire ce que moi je pense. C'est une incapable, voilà ce que je pense. Elle n'arrive pas à mener un interrogatoire, pour commencer. Elles l'ont toutes fait tourner en bourrique, elles lui racontent ce qu'elles veulent, sans lui reconnaître aucune autorité. Ce sont peut-être des interrogatoires inutiles, ce n'est pas comme ça qu'on met au jour la vérité, mais elle les rend un peu ridicules, franchement. Votre rougeur m'attendrit, Cardini. Je suis devenue sourde, en revanche j'ai une excellente vue. Je vois encore les choses telles qu'elles sont, malheureusement. Ne faites pas l'enfant, je vous en prie : personne ne rougit aujourd'hui. Certaines faiblesses ne doivent pas se montrer, apprenez à vous contrôler. J'essaie juste de vous aider. Quelle relation avez-vous avec votre mère, Cardini ? Ah, bien, bien. Il faut nous la présenter. Amenez-la ici, nous ne sommes pas des meurtrières. Nous avons plein de défauts, mais n'exagérons rien. Pardon, je n'ai pas entendu, vous pouvez répéter ? Bah, votre mère a tort de se méfier de Milan. C'est une ville qui a toujours accueilli tout le monde, il suffit de s'habituer à ses manières abruptes. Ce préjugé appartient à ceux qui ne la connaissent pas. Donc vous rentrez à Varèse tous les soirs ? Ce n'est pas un peu pénible ? Ah, bien sûr, je comprends. Dites de ma part à votre mère que Milan est fascinante, au contraire. Je suis arrivée ici dans ma jeunesse : la partie bombardée était plus importante que la partie intacte. Je vous assure que la ville n'était pas très accueillante. Pourtant, même dans cet état, elle respirait l'intelligence. Elle se pavanait jusque dans ses décombres, car c'est là son tempérament, il faut le savoir. Du reste, une certaine prétention est nécessaire : il faut de grandes idées pour pouvoir réaliser de petites choses. Sinon, on ne va nulle part. Êtes-vous ambitieux, Cardini ? Je m'en doutais. Vous devez apprendre à l'être. Dans cette ville on ne survit pas sans ambition. Inventez-la, votre ambition, si vous n'en avez pas : les gens ici sont sans pitié, vous devez leur faire croire que vous êtes aussi impitoyable qu'eux, si vous voulez qu'on vous respecte. Oh merci, Marika. Attendez, pas ces verres. Où sont ceux en cristal ? Voulez-vous une cigarette, Cardini ? Évidemment que je fume ! Pas devant ma fille, elle se fâche. Quelle barbe. Chicca me remet en question simplement parce qu'elle n'est pas capable de se remettre en question elle-même. Autrement elle serait beaucoup plus occupée. Vous devez partir ? Tout de suite ? Vous ne voulez pas un petit verre de vin ? Je sais que vous êtes en service, mais on ne le dira à personne. Vraiment ? Quel dommage ! J'y compte bien, hein. C'est une promesse ? Parfait ! Alors je vous attends. Marika ? Marika ? Accompagne monsieur, s'il te plaît. Vous n'avez pas froid dans cet uniforme, Cardini ? Vous avez un lainage là-dessous au moins ? Si vous ne vous couvrez pas suffisamment, j'en parlerai à votre maman.

6

ADA

(L'ex-femme de)

12 février 2015, Jeudi gras

Je donne des interviews depuis trente ans, et il ne m'était jamais arrivé d'être troublée par mes réponses. Une jeune collègue, très douée, voulait un entretien un peu personnel. Elle m'a probablement contactée dans un moment de fragilité, je ne sais pas : j'ai raconté plus que je n'aurais dû. J'ai menti naturellement, mais cela n'a pas suffi, les vérités que j'ai cachées m'ont assaillie malgré tout.

Nous avons commencé en parlant de mon enfance. Je lui ai alors expliqué que je venais d'une famille d'artistes, que mon père était comique et musicien, qu'il faisait du cabaret, et que ma mère, morte quand j'avais six ans, était chanteuse. C'étaient les années soixante et papa travaillait dans les cabarets de Milan avec Gaber, Jannacci, Cochi et Renato. La veine était la même : des chansons humoristiques, souvent en dialecte. Il m'emmenait toujours avec lui, aussi parce qu'il ne savait pas à qui me confier. Ainsi, le Derby Club était ma deuxième maison. Je faisais mes devoirs dans le restaurant de Gianni et Angela Bongiovanni, je m'amusais sur l'estrade qui leur servait de scène, je m'endormais sur les banquettes noires du sous-sol. J'ai dit des choses vraies.

Il suffisait de taire le fait que mon père buvait et jouait, qu'il était criblé de dettes. Parfois ses amis essayaient de nous aider en faisant une collecte. Avec ce système, pour mes dix ans, en 1964, ils m'ont offert une bicyclette ; hélas, mon père a réussi à la jouer aussi. Elle a duré trois jours, ma bicyclette. Il avait sans doute du talent, mais il n'est pas allé loin car l'alcool l'a ruiné. Souvent, il mâchonnait ses sketches en milanais, certains soirs on ne comprenait rien. En effet, j'étais la seule à rire, petite je croyais qu'il le faisait exprès.

Ensuite la journaliste m'a interrogée sur ma rencontre avec Vittorio. Je lui ai raconté que nous étions à l'université, en 1973. Mon père était mort depuis peu, alors j'étudiais la journée et le soir je travaillais comme serveuse, en général dans les clubs où il s'était produit parce qu'on me connaissait. Avec Vittorio, ç'a été un coup de foudre, nous nous sommes très vite installés ensemble. Aussi parce que je n'arrivais pas à payer mon loyer toute seule. Nous formions un duo de choc. Nous étions les meilleurs de notre promotion et les leaders politiques de notre groupe. Je ne sais pas pourquoi, ensemble nous apparaissions beaucoup plus charismatiques. Nous nous illuminions mutuellement, peut-être. Nous chantions *Com'è bella la città*, et nous nous sentions tout-puissants.

Bien sûr, je ne pouvais pas dire publiquement que cet amour était pour moi une revanche, que mon ambition naissait d'une rancœur sociale, des nombreuses humiliations subies. Vittorio venait d'une famille très connue à Milan, il avait une maman qui rayonnait dans les milieux intellectuels (le design n'était pas encore à la portée de tous) et un papa riche, que je n'ai jamais connu car il est mort jeune. Les Fumagalli avaient une brasserie depuis la fin du dix-neuvième siècle, mais la fabrique a été vendue dès que Lucrezia s'est retrouvée veuve. En moi, je suppose, Vittorio voyait la liberté. D'abord parce que je venais d'un tout autre monde, et puis, à cette époque, j'étais un cheval fou. En réalité, il était mû par une compulsion de répétition : inconsciemment il cherchait une femme envahissante comme sa mère. Mais ça, il le comprendrait plusieurs années après.

À ce stade, même si je cachais le nœud de l'affaire, me vinrent naturellement quelques mots sur ma belle-mère. Alors j'ai raconté que, quand j'étais jeune, Lucrezia était pour moi un mythe ; qu'elle a joué un rôle de mentor, involontairement, car elle avait trop d'autodérision pour guider qui que ce soit. Et puis durant ces années c'était un volcan, elle inventait des fauteuils et des lampes qui feraient l'histoire du design. Elle était l'amie de personnes comme Fontana et Klein, elle collaborait avec Gio Ponti. Pour moi, c'était le mont Olympe, un point c'est tout. Évidemment j'étais pendue à ses lèvres. Quelle jeune fille de vingt ans ne l'aurait pas été ? Je me rappelle qu'elle me parlait toujours de Piero Manzoni, elle l'adorait. Manzoni lui avait même dédié une œuvre, *Rire de Lu* (collection privée, 1960). Il l'avait fait souffler dans un ballon mais elle riait trop, et le ballon ne se gonflait pas. Alors il l'avait noué dégonflé en disant qu'à l'intérieur il y avait son rire. Cette œuvre est encore devant son bureau à côté d'une magnifique photo de Mulas, où on les voit tous les deux qui fument assis à une table du bar Jamaica. Elle a aussi un portrait en céramique et or de Fontana, *Portrait féminin* (collection privée, 1953), mais Lucrezia s'y reconnaît moins, elle l'a caché dans un angle un peu plus sombre de l'entrée. Et elle n'a jamais avoué être ce corps bleu de Klein accroché au-dessus de son lit, *Anthropométrie Lu-mineuse* (collection privée, 1960).

Bien entendu, je n'ai pas confié que je me souvenais parfaitement d'une invective, sans doute une des premières que ma belle-mère m'a lancées, dès qu'elle a compris que je trompais son fils (elle l'a compris avant lui). « Tu as une jolie petite tête, chérie, m'a-t-elle dit, mais essaie de ne pas rendre fou mon Vittorio, sinon je te la fends avec une de mes lampes. Elles sont très solides, tu sais ? Elles ont été conçues pour durer au moins cinquante ans. C'est ça, le design : associer le beau au fonctionnel. »

Mieux valait parler de mon mariage, de quand j'ai épousé Vittorio à Paris parce que tous les deux, après notre licence, nous avions été admis en doctorat à la Sorbonne. C'était en 1979. Évidemment, je n'ai pas raconté que j'étais une jolie fille, plutôt délurée, et que j'ai couché avec un autre garçon le même après-midi, deux heures après la cérémonie. Ce jour-là, il pleuvait, ai-je dit.

Je préférais souligner que le succès n'allait pas tarder à arriver. Nous étions si peu préparés, précisai-je. En 1981, j'avais réussi à publier un petit livre qui avait eu un certain écho, et tout le reste avait suivi. J'avais seulement vingt-sept ans. D'un coup, je me suis retrouvée au *Corriere della Sera*. Ça me semblait irréel.

Le problème, c'est que le succès n'est arrivé que pour moi – je ne pouvais pas le dire publiquement non plus –, Vittorio à cette période se trouvait complètement enlisé. Il continuait à écrire des romans qui étaient refusés par tous les éditeurs. Je l'entretenais. Nous n'étions plus un couple glamour. Au contraire. Les gens, méchants, l'appelaient *le mari d'Ada Bertelli*. Ou, avec davantage de perfidie : *Monsieur Bertelli*.

Comment ne pas évoquer l'arrivée de Paoletta, exactement un an après ? Je suis toujours très attentive lorsqu'il est question de ma fille. Nous étions un peu lassés de ne produire que du papier, expliquai-je, la vie de famille nous a donné une nouvelle énergie. Pour Vittorio, ç'a été le tournant : il a commencé le roman avec lequel il obtiendrait le prix Campiello. Quant à moi, j'ai commencé à voyager, pour écrire quelques reportages qui me rendraient célèbre, sur les femmes en Afrique, en Asie ou au Moyen-Orient.

Je mentais effrontément. Quelle nouvelle énergie ? J'étais tombée enceinte par accident et, ayant déjà avorté deux fois, je ne me sentais pas de le faire une troisième fois. Paoletta était la seule entrave à mon ascension et me pesait : je préférais le papier. La vie de famille m'était oppressante et insupportable. Je faisais tout pour rester loin de la maison. J'ai été la première à m'intéresser aux femmes de ces pays lointains simplement parce que je cherchais une excuse pour fuir ma condition de femme, ici et maintenant. Je cherchais leur enfer pour oublier le mien.

En conclusion, je tenais absolument à dire que la séparation d'avec Vittorio avait été difficile mais nécessaire. Notre mariage était consumé depuis trop longtemps, nous devions en prendre acte. Nous sommes restés de grands amis – je l'ai répété plusieurs fois, exprès – et j'ai même demandé à ma collègue la courtoisie de l'écrire tel quel : *grands amis* (pour faire enrager Cristina). L'année dernière je lui ai dédié un livre, j'ai insisté là-dessus aussi. Ça m'a porté chance, il est en traduction dans vingt pays (tant que j'y étais, je voulais briller un peu).

En réalité, quand Vittorio m'a annoncé que Cristina était enceinte et qu'il voulait aller vivre avec elle, j'ai été médusée. Je ne m'y attendais pas du tout. Nous nous étions toujours accordé la plus grande liberté, je pensais qu'il n'avait pas besoin de me quitter. J'étais au courant de sa relation avec Cristina, je croyais pouvoir la dominer. La naissance de Giulia n'était pas prévue. Vittorio n'avait pas le courage de m'en parler, alors il a disparu pendant un mois.

Mais, cette fois-là, je n'étais pas inquiète. J'étais convaincue qu'il reviendrait, tôt ou tard. Finalement, il n'est pas revenu. Pas chez moi.

17 février 2015, Mardi gras

Mon interview a mis le feu aux poudres. Cristina et Francesca m'ont immédiatement agressée : « On avait dit qu'il ne fallait pas parler à la presse. » De la disparition de Vittorio, oui. Mais je n'ai pas parlé de ça, j'ai parlé de ma vie et de mon travail. J'ai un livre qui va sortir, c'est normal. Je n'ai pas non plus lancé un appel dans *Avis de recherche* (mon émission préférée d'ailleurs).

« Tu profites de la situation pour faire ta publicité », disaient-elles. J'ai ri. Elles n'arrivent décidément pas à accepter le fait que je n'en aie pas besoin. Elles ont toujours été jalouses de ma célébrité, le vrai problème est là. Leur nom est apparu dans les journaux pour la première fois ces derniers mois, et seulement dans le cadre d'un triste fait divers. Pour moi, c'est devenu une habitude, la chose la plus banale du monde. Je devais m'y attendre : elles ont sauté sur l'occasion pour exprimer une vieille frustration.

Mais c'est Giulia qui m'a le plus surprise. Ces événements ont dû beaucoup la perturber, son exhibitionnisme tourne à la pathologie. Elle s'est approchée, hargneuse, et m'a lancé : « Je ne comprends pas pourquoi tu n'as pas parlé de moi. Tu voudrais que je n'existe pas ? » J'étais un peu éprouvée, et lui ai répondu : « Trésor, pour autant que je sache entre toi et moi *il n'y a pas de parenté.* » Paoletta m'est rentrée dedans sévèrement, en disant que je me comporte comme une garce avec une gamine de seize ans et que je devrais avoir honte. Et zut.

Seule Lucrezia m'a téléphoné pour me féliciter. Une très belle interview, selon elle. Ça lui faisait un drôle d'effet d'être ainsi évoquée (« Comme si j'étais morte »), mais elle me remerciait quand même. Puis elle s'est allumé une cigarette, je l'entendais aspirer : « Tu as raconté un tas de bêtises, mais ça m'a émue. »

7

FRANCESCA

(La sœur de)

Quelques petits pas en avant ont été faits, peut-être pas dans les recherches mais dans leur amitié, sans aucun doute. Francesca n'invente plus d'excuses. Désormais, elle sonne chez Frida simplement pour l'inviter à dîner. Elle le fait à sa manière, d'accord, mais peu importe. Par exemple, elle dit que la Philippine a préparé des rouleaux de printemps pour un régiment et qu'elle n'aime pas jeter la nourriture. Ou qu'elle doit partir en congrès et que son frigo est plein. Ce n'est pas grave.

Comme elle est un peu radine, Frida doit toujours insister pour lui faire ouvrir une bouteille de vin. « Il va s'abîmer », prétend Francesca. Et mentalement elle calcule la différence entre les quatorze euros du nebbiolo qu'elle va gaspiller et les dix euros qu'elle a dépensés chez le primeur pour de la nourriture qu'elle voudrait éviter de jeter. Elle finit par céder cependant, car c'est une personne éduquée et on n'invite pas les gens sans offrir un peu de vin. Ça lui coûtera quatre euros, mais ça en vaut la peine. Au fond, elle est contente d'avoir de la compagnie.

Frida note qu'elle essaie de s'intéresser à elle. Elle lui pose des questions, bien qu'ensuite elle ne la laisse presque pas parler tant elle s'accroche aux premières phrases de sa réponse pour tout de suite donner son avis. Quand elles se voient, elles se font maintenant la bise. Ce sont des baisers crispés, en clair Francesca pose sa pommette sur son oreille, mais Frida est contente. Elle sent au moins le parfum de sa peau, qui peut aussi être celui d'une crème pour le visage ou d'une essence de jasmin vaporisée dans son cou, très légèrement, car là non plus pas de gaspillage.

La soirée du Jeudi gras, elles sont ensemble. Naturellement à cause de la Philippine qui, dans sa folie des grandeurs, a préparé une salade de riz pour dix.

« Je mange de la salade de riz depuis trois jours », bougonne Francesca en faisant asseoir son invitée.

Frida accuse le coup. Elle lui offre des restes. Tant pis, elle se met à table toute joyeuse parce qu'elle a remarqué que désormais Francesca a tendance à mettre le couvert pour deux avant de l'inviter à dîner. Secrètement émue, elle déplie sa serviette sur ses genoux. Puis, vient le moment difficile : lui faire comprendre qu'une bouteille de rouge entamée depuis trois jours, en même temps que la salade de riz, elle n'en veut pas. Mais Frida est trop polie pour protester ouvertement, alors elle se lève.

« Aujourd'hui, justement, je vous ai acheté une bouteille de pinot noir, celui d'Elena Walch que vous aimez tant, s'écrie-t-elle. Quelle idiote, je l'ai oubliée chez moi, je vais la chercher. »

Francesca ne parvient pas à cacher son soulagement. Si Frida offre le vin, elle en boira aussi.

« Comme c'est gentil, Cannavò. Vous avez toujours de délicieuses attentions. »

Grâce à cette bouteille, à la fin du repas, quand Francesca déballe un assortiment de gâteaux de carnaval, cadeau d'une étudiante, bien entendu, car jamais elle n'achèterait *ces cochonneries* – c'est ce qu'elle dit en les proposant à Frida –, elle est suffisamment éméchée pour lui confier ses soupçons.

« Je ne pense pas que ce soient des meurtrières, que ce soit clair. » En parlant, Francesca plie le papier qui enveloppait les gâteaux et l'aplatit avec la paume de sa main, elle ne supporte pas le désordre sur la table. « Je dis juste qu'en regardant les choses avec un peu de recul, on s'aperçoit que ce ne sont pas vraiment des *saintes*... Cristina ne se soucie que des conséquences pratiques, par exemple. Elle est toujours au téléphone avec un avocat. Vu que personne n'est mort et que certaines affaires ne peuvent se résoudre avec un héritage, vu que son mari a seulement disparu et qu'il n'y a pas de conjoint avec qui négocier la séparation, elle se demande ce que va devenir son chalet à la montagne dans ce vide juridique. Cela vous semble une priorité ?

— Non, en effet, répond Frida.

— Ada est méconnaissable, poursuit Francesca en rassemblant les miettes avec un couteau. Jusque-là si sûre d'elle, voire hautaine, voire présomptueuse, voire arrogante, elle ne cesse à présent de me demander *Selon toi* pour n'importe quoi. Selon toi ce manteau suffit ou je dois mettre ma doudoune ? Selon toi je peux laisser mon vélo en bas ou on va me le voler ? Selon toi cette salade est passée ou elle est encore bonne ? Elle s'est rendu compte qu'elle n'avait pas sur Vittorio le pouvoir qu'elle croyait avoir, et cette découverte l'a dévastée. Du coup, elle n'est plus sûre de rien. » Elle se lève un instant pour aller mettre les assiettes dans l'évier. « Restez assise, Cannavò. Pour comprendre cette *sujétion* de la part de mon frère, il faut revenir un peu en arrière, il faut connaître leur passé. Ada a toujours traité Vittorio comme son petit chien. Il faisait ses valises comme une femme de chambre et elle trouvait le courage de se plaindre : Tu n'as pas oublié mon soutien-gorge blanc à l'hôtel au moins ? Dans leur jeunesse, Ada était la plus charismatique des deux. La plus célèbre, la plus séduisante, la plus appréciée. Puis, les rôles se sont inversés. Mais pendant des années elle a essayé de le garder sous son emprise, même lorsque Vittorio l'a quittée pour Cristina. Elle tentait de s'immiscer dans leur vie en utilisant Paoletta comme prétexte. Vous savez, une femme s'effondre quand elle s'effondre, et cela n'arrive jamais au moment où l'on s'y attend. Ada ne s'est pas effondrée quand Vittorio l'a quittée. Elle s'est effondrée maintenant, quand Vittorio a disparu *sans lui demander la permission.* »

Frida avoue à Francesca qu'elle donnerait cher pour les rencontrer, toutes ces femmes dont elle entend parler sans arrêt. Par chance, elle n'est pas assez ivre pour admettre qu'elle pourrait tomber amoureuse d'elles aussi.

« Vous seriez déçue, Cannavò », répond Francesca en glissant sa serviette dans un anneau en bois avec ses initiales.

Ce soir, Frida brûle de désir. Elle voudrait pousser Francesca contre le buffet – où elle empile des céramiques et de la petite vaisselle, souvent ébréchées, car elle est persuadée qu'acheter peu cher des choses cassées est une bonne affaire – et l'embrasser sur la bouche. Naturellement, Francesca ne perçoit pas cette tension. Les désirs pour elle n'existent pas. Les ambitions, les calculs, les projets, tout cela existe. Mais pas les désirs.

« Camilla Tabellini est une arriviste », continue Francesca en préparant la cafetière pour le lendemain, afin de n'avoir plus qu'à allumer la cuisinière quand elle se lèvera. « Elle est prête à tout pour obtenir ce qu'elle veut. Elle a fait carrière grâce à mon frère, vous savez ? Elle n'était pas à la tête du service de presse, et pourtant c'était toujours à elle qu'on demandait d'accompagner Vittorio dans ses déplacements. Vous ne trouvez pas ça un peu étrange ? »

Frida acquiesce. Pas question de rabaisser l'écrivain, qui était sans doute confié à la dernière arrivée parce que dans la maison d'édition lui non plus ne valait rien.

« Et puis il y a ma nièce, Paoletta, une personnalité irrésolue. Une fille qui avance à contre-courant parce que le courant ne la porte pas. C'est sa mère qui l'a détruite. »

Bien sûr, tout était de la faute d'Ada. Seules les femmes sont capables de s'embrouiller ainsi, pense Frida. Mais c'est précisément pour ça qu'elle les aime. Elle les a choisies, alors maintenant elle fait avec. La mémoire des hommes est plus brève, ils règlent les histoires plus vite. Les femmes non, plutôt que d'oublier un lointain petit détail qui les a blessées, elles restent empêtrées dans les fissures du monde tels des plongeurs dans un filet, au risque de ne plus jamais respirer.

Satisfaite de ses considérations, Francesca regarde l'heure.

« Il est tard », annonce-t-elle. Elle remballe les restes de gâteaux et, très généreusement, les offre à Frida : « Je vois qu'ils vous ont plu, Cannavò. Moi, je ne les mangerai pas. »

Le moment est venu d'aller faire ses mots croisés. Francesca n'arrive à s'endormir que si avant elle se détend avec un numéro de *Télé 7 Jeux*. Elle est tellement impatiente de renvoyer Frida chez elle – au profit de *Télé 7 Jeux* – qu'elle ne peut pas s'empêcher de se tourner et de regarder son peignoir. Un peignoir en cachemire suspendu à la porte de sa chambre, qu'on entrevoit du couloir.

Le rapport qu'elle entretient avec ses habitudes est poignant. Francesca s'évertue à remplir ses rides d'acide hyaluronique, à conserver sa taille trente-huit à l'aide d'abdominaux et de privations en tout genre, à se teindre les cheveux pour qu'ils redeviennent cuivrés comme ils étaient trente ans plus tôt, et le coiffeur n'a pas intérêt à se tromper de nuance, ainsi elle défie la vieillesse. Frida voudrait tellement lui donner un baiser maintenant – alors qu'elle trépigne pour ne pas arriver en retard à son rendez-vous solitaire avec ses mots croisés –, un baiser qui lui rendrait véritablement sa jeunesse. Mais les baisers ne l'intéressent pas, elle le sait. Ils ne l'ont jamais intéressée, probablement. Même jeune fille.

« Oh ces trompettes, ces stupides pétards… Les gens sont-ils obligés de faire autant de bruit pendant le carnaval », râle-t-elle en fermant les volets.

Frida a parfois un peu de mal à comprendre pourquoi elle est tombée amoureuse de cette femme-là, seulement voilà, c'est arrivé, et lorsque les choses arrivent, en définitive, il s'avère inutile de les comprendre. De toute manière, on ne peut rien y faire. Elle sait aussi que ça passera tôt ou tard, qu'un jour cette femme ne sera à ses yeux qu'une casse-couilles, mais tant que ce jour n'est pas arrivé elle ne peut que l'aimer quand même.

« Et je compte sur vous, dit Francesca en la saluant de la main, déjà projetée vers son peignoir, ne laissez pas votre poubelle devant la porte, Cannavò. »

Frida proteste, elle répond qu'elle la laisse juste cinq minutes, le temps de laver le sol du studio. Et souvent le dimanche matin, quand personne ne passe sur le palier.

« Oui, mais après il reste une mauvaise odeur dans le hall. »

III

PÂQUES

1

ADA

(L'ex-femme de)

1ᵉʳ avril 2015

Puisque les carabiniers sont allés fouiller dans les mails de Vittorio, au bout d'un moment j'ai éprouvé le besoin de faire pareil. Ç'a été plus facile que je ne l'imaginais, j'ai trouvé son mot de passe en quelques secondes (le nom de notre premier chat). Je connais Vittorio par cœur, ai-je pensé. En réalité, non. J'ai découvert que je ne le connais pas du tout.

C'est sans doute une déformation professionnelle mais, en parcourant rapidement ses mails, je suis tout de suite attirée par des tics linguistiques. Derrière certains petits détails, un mot plutôt qu'un autre, se cache un monde.

Je remarque que Vittorio change continuellement de ton et de style, selon la personne à qui il s'adresse, il change même sa signature. Pour moi c'est « V. » sobre, mystérieux ou acquis, en tout cas – par sécurité – toujours élégant et mesuré. Beaucoup moins avec Camilla, là il signe « Vic », espiègle, vaguement jeuniste, nécessairement vif. Il est plus négligé avec Cristina qui apparemment, dans l'intimité, l'appelle « Vitto ». Mais avec sa mère il utilise son prénom entier : c'est « Vittorio » point, respectueux de l'état civil.

Avec sa sœur il ne fait même pas l'effort de signer. Et à Paoletta, encore plus simple, il n'écrit jamais. Avec Giulia, en revanche, il donne le meilleur – ou le pire, ça dépend –, inventant sans vergogne mille déclinaisons de sa paternité (« pap », « papounet », « papou »).

La musique de fond change en conséquence. Avec moi il tient un rythme parfait, gelé, d'essayiste. Il m'écrit comme Glenn Gould joue les *Variations Goldberg*. Ce contrôle s'estompe uniquement quand il évoque des souvenirs. Et je suis touchée en relisant ce qu'il m'écrivait un soir, de Belgique, où il s'était rendu pour son travail.

« *Tu te rappelles combien d'engueulades ici, à Anvers ? Tu étais une Ada pas encore raffinée par le temps, qui me lançait des assiettes au visage et non des formules trop ironiques ou intelligentes, des formules qui ne sont pas en mesure de blesser comme la céramique – au fond, on ne peut pas rivaliser avec les objets. Les assiettes commencent et finissent en un cercle : toi, avec les mots, tu n'en finiras jamais. La note d'hôtel fut très salée, visiblement tu avais brisé un service précieux.* »

Avec Cristina, ce sont souvent des mails relatifs à l'intendance, qui dénotent toute la paresse verbale des communications pratiques : « *Le dîner avec l'éditeur français s'est bien passé,* lui écrit-il par exemple, *mais je suis épuisé. Demain je serai à l'aéroport à 17 heures. Tu viens me chercher ? Ma valise est lourde, on m'a offert plein de livres, je n'ai pas envie de prendre le bus. Ça a été chez le dentiste ? Tu as décidé de faire porter un appareil à Giulia ? Bonne nuit, bisous.* » Ou bien : « *Demain je donne mon dernier cours mais je ne sais pas si je pourrai rentrer à Padoue à temps pour la réunion parents-professeurs. Tu ne peux pas y aller toi ? Une soupe c'est parfait, j'ai mangé au restaurant tous les jours ici, je préfère quelque chose de léger. Merci, chérie.* »

Je n'envie pas du tout ce train-train, qui n'a rien de fascinant, ni du point de vue intellectuel ni du point de vue érotique. Cependant je frémis quand arrive sous mes yeux l'unique mail qui interrompt cet ennuyeux échange quotidien. Comme d'habitude, chez Vittorio, la mélancolie est le moteur de la vérité. Je l'imagine parfaitement écrivant à Cristina dans un hôtel de Francfort, un peu ivre après un dîner, seul, dans la chambre anonyme d'un immense gratte-ciel : « *Journées intenses, à la foire. Mais les éditeurs étrangers me donnent plus de satisfaction que les italiens. Ces bains de foule me fatiguent et, en rentrant ce soir je me suis arrêté dans un bar pour prendre un calvados seul. J'ai pensé à plein de choses. J'ai pensé à quand tu m'aimais sans me faire signer des contrats d'assurance, sans me téléphoner de la banque pour me conseiller un placement à trois pour cent. Tu ne te déshabilles plus l'après-midi, l'après-midi tu me demandes seulement d'aller chercher Giulia à la piscine en voiture, parce qu'il pleut.* »

Lire ces mots me trouble. Au fond, il y a une raison pour laquelle seule la police devrait s'occuper de certaines choses. Je devrais peut-être arrêter.

3 avril 2015

Je n'y suis pas arrivée. En clair, la possibilité de connaître un homme qui m'échappe à mesure que le temps passe ne peut pas se refuser. Et j'ai bien fait. Car la vraie surprise est venue des lettres à Camilla, très différentes de ce que j'imaginais.

J'entre immédiatement en alerte : il semble s'agir d'une relation essentiellement platonique. Je rêve ou ces deux-là ne baisent pas ? Une lettre, malgré son ambiguïté, ne laisse aucun doute : « *J'ai peut-être eu trop d'épouses, trop de filles, trop de mères. Toutes les femmes, dans ma vie, ont été trop de choses. Toujours au-delà de leurs compétences : la mère qui tend à être l'épouse, en conflit avec l'épouse qui tend à être mère. La fille qui se sent épouse, blessant l'épouse qui a besoin de se sentir fille. La maîtresse qui joue le rôle de la sœur, tandis que la sœur se prend pour une maîtresse. Tu comprends ? Je viens chez toi, je te caresse – ta peau si lisse, neuve et généreuse, ta peau qui ne demande rien – et je me bloque. Je me demande qui tu es, qui tu seras bientôt, qui tu penses que je suis. Pardonne-moi, Camilla. Il est difficile pour un homme d'expliquer un échec de ce genre, tu sais ? Mais je suis un écrivain, et je dois bien trouver quelques mots, ne serait-ce que pour sauver l'honneur (l'honneur de l'écrivain, au moins). J'espère que tu aimes bavarder avec moi.* »

D'autres allusions confirment ce soupçon : « *Je ne sais pas comment tu peux aimer un homme qui est seulement capable de s'allonger à côté de toi. Les mots te plaisent à ce point ?* » Ou bien : « *Oui, c'est vrai, il y a de la passion même dans la paralysie, dans le silence, dans les choses qui ne se produisent pas. Tu sais, seule la tendresse compte. C'est la clé. Tu la sens, je la sens : se toucher devient un contact mineur, finalement.* »

J'étudie un peu les lettres à sa mère et m'aperçois que les échanges ne sont pas aussi intimes que je le pensais. Moi qui la considérais comme une adversaire redoutable, l'unique vraie femme de sa vie. Vittorio tente de la divertir, s'efforce de la faire rire, mais ne va pas au-delà. Il ne lui raconte rien de vraiment personnel. Il se sent en devoir de lui tenir compagnie, c'est mon sentiment. Comme s'il ne voulait pas trop la perturber avec ses réflexions.

« *J'ai compris que j'étais un écrivain dépassé quand, pendant que je parlais, ils ont lancé* Le lac des cygnes. *L'organisateur s'est approché et m'a expliqué qu'en parallèle de ma présentation il y avait un spectacle de danse. Désormais on ne m'invite plus que dans ces petits festivals de province, qui ressemblent davantage à des fêtes de la saucisse qu'à des événements litté-*

raires. Naturellement, le public est venu nombreux assister au ballet, et pour m'écouter il n'y avait presque personne. Juste trois vieilles qui s'étaient trompées de rencontre. Elles étaient persuadées d'écouter un auteur de romans policiers et se sont aperçues que je n'étais pas celui qu'elles croyaient seulement lorsqu'elles m'ont apporté les livres de l'autre écrivain pour les faire dédicacer. J'ai dit : Mais je ne suis pas De Caroli. Et elles : Tant pis, dédicacez-nous ces romans quand même. Alors j'ai demandé : Vous voulez une fausse dédicace de De Caroli ou la mienne ? Et elles : C'est pareil. Je suis rentré à l'hôtel en riant tout seul. »

Vittorio a souffert de ce déclin autant que moi, même si nous ne nous le sommes jamais dit. Impossible, avec notre orgueil. Trente ans après, nous en sommes encore à comparer nos succès, comme à l'université. Tu as un meilleur éditeur en Allemagne mais mon éditeur français est plus chic, et toc. Oui, oui, j'ai vu ton article hier, avec l'annonce en une, mais tu as lu le mien de deux pages dimanche ? Tout est ainsi, de vrais enfants. Pas question d'évoquer les frustrations, la tristesse de perdre des lecteurs parce que de nouveaux astres naissants répondent mieux aux attentes, et qu'on n'est pas assez éteint pour passer de la condition de vieux bon pour la casse à celle de grande figure littéraire d'une autre époque.

Nous aurions pu nous consoler mutuellement, si nous avions été plus sincères. Hélas non. Tous les deux extrêmement attentifs à ne pas faire entrevoir à l'autre sa parabole descendante. Les à-valoir diminuent doucement, c'est le premier signe. Tu vas chez ton éditeur et il invente un tas de conneries pour justifier le faible investissement dans la promotion de ton livre. Puis, ton espace dans la presse se réduit. Pour toi un entrefilet, et pour les jeunes émergents la couverture. Mais tu t'agrippes encore au grand format que de temps en temps, de plus en plus rarement, on t'autorise à écrire. Jusqu'à ce qu'arrive un directeur qui ne t'apprécie pas, peut-être pour le simple fait que tu as représenté quelque chose avant son avènement, et qui te met dehors définitivement. Tu n'as même pas droit à une lettre de licenciement, la méthode est plus expéditive : on ne répond plus à tes mails, ni à tes appels. Ainsi tu comprends que tu n'existes plus et que tu ne peux même pas attendre des autres l'effort de te renvoyer. Tu es dehors, point, et tu l'es tellement que personne ne daigne prendre la peine de te le dire. Je me demande si Vittorio est parti pour cette raison. Dans ce cas, j'aurais dû disparaître aussi.

4 avril 2015

Rien à faire, je ne peux pas résister. Aujourd'hui aussi j'ai passé la journée à lire son courrier. À sa fille de seize ans qui, en général, ne le sollicite que pour lui soutirer la permission de se faire un piercing ou de rentrer d'une soirée à 3 heures du matin, Vittorio confie les bilans les plus amers. En les reliant, à travers d'émouvantes acrobaties, aux sujets qu'elle aborde : « *D'accord, trésor, fais donc ce trou dans ton nombril, et mets-y tous les brillants que tu veux. Tu as ma permission, même si maman est contre. Je vais essuyer sa colère, tant pis. Par contre, réfléchis bien avant de te faire tatouer. Tu ne mesures sans doute pas encore le poids des gestes irréversibles. La peau se marque déjà suffisamment toute seule, pas besoin d'ajouter de l'encre. Il est plus intéressant de marquer son esprit, crois-moi, mais là tu ne peux pas en choisir le dessin. Quand tu t'aperçois que tu as une marque indélébile – dans tes pensées, pas dans l'aine – et que tu sais qu'elle ne partira pas, tu n'éprouves que de la peur. Et du désarroi vis-à-vis de toi-même qui, dans ce moment de faiblesse, l'as vou-*

lue. » Les réponses de Giulia laissent entendre qu'elle ne s'est occupée que de la permission obtenue, en sautant les lignes autour, qu'elle n'a probablement pas comprises (« *Merci, papou. Tu me donnes cinquante euros ? Tu sais, ça coûte cher un piercing* »).

Cet effort jure douloureusement avec le ton indifférent qu'il utilise dans ses lettres à Paoletta. Là, je m'arrête un instant, je ne suis pas sûre d'avoir le courage d'aller jusqu'au bout. Un terrible sentiment de culpabilité me freine : je n'ai pas fait assez pour protéger leur relation. Je ne veux pas de confirmation, je ne veux pas prendre acte de ce qu'elle est, ou de ce qu'elle est devenue. Il n'existe que trois mails à Paoletta, sur les trois mille deux cent cinquante-six conservés dans sa boîte. Le premier concerne un changement d'adresse (« *Voici ma nouvelle adresse* », « *Merci, je l'enregistre* »). Le deuxième ressemble à une carte postale, Paoletta informe qu'elle va bien, pendant un voyage (« *Je suis arrivée, papa. Le Rwanda est vraiment un pays intéressant. Je comprends beaucoup de choses sur le génocide à présent. Je vais bien, sois tranquille.* » Réponse : « *Super, profite* »). La colère m'envahit – pour le manque d'attention évident – mais je passe rapidement au troisième mail qui explique pourquoi il n'y en a pas eu d'autres.

Je reconstruis immédiatement le contexte, Paoletta m'en avait parlé. J'avais donné peu d'importance à l'affaire qui, en réalité, en avait sans doute. Elle lui écrit : « *Je trouve ton choix très cruel. Je me moque de l'argent, et encore plus d'un hypothétique héritage, du reste misérable parce que tu dépenses plus que tu ne gagnes, tout le monde le sait. On parle d'une somme ridicule, à se partager un jour entre mille – si nous sommes toujours là et si tes dettes ne la dépassent pas. C'est le principe qui me blesse : papa, tu n'as pas une seule fille. Nous sommes deux. Cette exclusion, qui est maintenant actée noir sur blanc par un notaire, est honteuse. Sache que je peux t'exclure moi aussi.* »

L'appartement de Milan avait été mis au nom de Giulia. Sur le coup je m'étais insurgée également, d'abord pour l'injustice évidente à l'égard de Paoletta, ensuite parce que je n'ai jamais pu supporter l'obsession de Cristina pour les choses matérielles. La ritournelle était prévisible, Cristina lui disait Et si tu meurs ? Giulia doit partir d'ici ? Nous ne méritons pas quelques sécurités, nous ? Vittorio avait évidemment cédé. Moi, cependant, j'avais vite oublié le problème. Paoletta non. C'était l'énième humiliation qu'elle subissait et que j'avais sous-estimée.

Juste après, je lis un mail de Francesca qui invite Vittorio à réfléchir sur sa relation avec Paoletta. C'est elle qui se charge de défendre ma fille, pas moi. J'ai toujours été trop dure avec ma belle-sœur. Elle ne le méritait pas.

« *Vic, je tiens à toi et dois te mettre en garde : tu t'égares. Tu risques de perdre Paoletta, si tu continues comme ça. La disproportion dans tes attentions est trop évidente. Le moindre crachat de Giulia est encadré et toi, en trois mois, tu ne prends pas une minute pour passer un coup de fil à Paoletta. Tu ne t'en es peut-être pas aperçu, mais elle a trouvé un travail. Dimanche elle vient déjeuner chez maman elle aussi. Fais en sorte d'être là. Et pense à la féliciter.* »

Impossible d'oublier ce déjeuner chez Lucrezia, j'y étais. Vittorio était furieux. « Pour une association ? Aider les *Gitans* ? Mais ce n'est pas un travail, criait-il, c'est du bénévolat, techniquement on parle de bénévolat. — On est financés par la mairie, tentait de se défendre Paoletta, les yeux baissés, je suis payée trois cents euros par mois. — Et qu'est-ce que tu comptes faire avec trois cents euros par mois ? Je dois continuer à te nourrir, vociférait Vittorio, voilà la conclusion. » « Roms, l'a-t-elle corrigé, on dit Roms. Vous n'étiez pas de gauche, vous ? » Vittorio manque de s'étrangler avec le barolo : « Ne viens pas me donner des leçons de politique, toi qui ne lis même pas les journaux. Aide qui tu veux, mais ne me demande pas d'argent. Je décide seul qui je dois aider. » Paoletta avait les yeux humides : « Pour moi, le succès n'est pas cette chose derrière laquelle vous courez tous. Un succès, c'est par exemple réussir à envoyer à l'école une enfant qui n'y serait jamais allée. » Vittorio était hors de lui : « Quelle utilité. Tu as fait les meilleures écoles, et regarde-toi. » Paoletta s'est levée et est partie.

Je n'ai rien fait pour éviter ce supplice à ma fille. En réponse, je lui ai trouvé un poste dans la rédaction d'un hebdomadaire, en téléphonant à une ancienne amie. Résultat, au bout de quelques mois, Paoletta a quitté la rédaction pour acheter son taxi. Elle détestait cet endroit. « Maman, les *Gitans* étaient plus civilisés, je te jure. » Mais je ne l'ai pas écoutée, cela m'arrangeait d'imaginer qu'elle plaisantait. Sans doute parce que je pensais qu'au fond ce que disait Vittorio était vrai. Or il n'y a pas que la vérité qui compte. La tendresse compte davantage, il l'a écrit lui-même.

2

GIULIA

(La fille cadette de)

Maman a eu la merveilleuse idée de toutes nous inviter pour le déjeuner pascal, comme si la splendide soirée de Noël ne lui avait pas suffi. Heureusement qu'il y a ma tante, avec elle je peux me défouler sur WhatsApp.

Giulia : *Tu as mis ton gilet pare-balles ?*
Francesca : *Mais cette fois, il y a un homme : Cardini. Nous sommes des femmes pleines de ressources.*
Giulia : *Alors gilet pare-balles. On va se battre pour lui ?*

Cardini est arrivé avec un gros œuf rose pour moi. À l'intérieur, il y a une peluche. Il n'a vraiment tiré aucune leçon de sa perquisition dans mon tiroir à strings. Je l'ai quand même remercié. Sans son uniforme, il ne me plaît plus. Il a du poil au menton, et en pull on voit clairement qu'il est taillé comme une poire.

Giulia : *Un œuf-surprise : papa ?*
Francesca : *Grand-mère pas encore prête, elle se maquille depuis une demi-heure, on est en retard.*
Giulia : *L'autre aussi est arrivée. Suite du programme de soutien « Adopte Une Maîtresse ».*

Cette fois, avant d'inviter Camilla, maman nous a consultées. Il y a eu un vote officiel, ex æquo hélas. Grand-mère, Francesca et moi étions contre. Maman, Paoletta et Ada étaient pour. Alors nous avons sollicité Cardini, comme d'habitude. Mais il était trop embarrassé et ne voulait pas se prononcer. On s'en est donc remises au hasard : en lançant une pièce. Pile : elle est de la partie. Face : elle reste chez elle. Évidemment, c'est tombé sur pile.

Francesca : *Chocolats découverts parmi les médicaments de ta grand-mère* 😬
Giulia : *T une vraie casse-couilles* 🔝 *laisse-la tranquille !* 🙏
Francesca : *Cholestérol mortel, ah non* 😈

Grand-mère, en vérité, était également contre l'organisation de ce déjeuner pascal. « Tu es incorrigible, Cristina. Sache que je ne veux pas de *réunions familiales* à mon enterrement. Fais-moi enterrer par *deux étrangers* s'il te plaît. »

Cependant personne ne l'a autorisée à rester chez elle, il y a eu un chœur de protestations, notamment pour l'injustice évidente qu'aurait représenté un traitement de faveur à son égard : Eh non, tu es vivante, alors tu luttes avec nous. Grand-mère a tenté de corrompre son médecin, pour nous refiler un faux certificat, mais nous avons brandi la menace du contrôle fiscal. Nous sommes très solidaires ces temps-ci.

Cette solidarité, en réalité, m'inquiète un peu. Depuis que papa a disparu, nous rions beaucoup ensemble. Ma mère et Ada sont devenues insupportables : tout en plaisanteries, allusions, complicité. Pire que moi avec mes copines du lycée. Elles s'envoient sans arrêt des messages. Un de ces jours, je vais confisquer leurs téléphones : j'aimerais voir si elles s'envoient aussi des petits cœurs. Pathétique.

Si la police les laisse partir, elles aimeraient aller quelques jours à Paris. Et elles n'ont pas du tout l'intention de m'emmener, elles me l'ont dit clairement, dans un éclat de rire. Tant mieux, en vacances avec elles deux, plutôt mourir. Je préfère rester chez ma tante. J'ai mis seize ans à comprendre qu'au fond elle était sympa. C'était sans doute un problème de communication : il fallait qu'on trouve le bon ton.

Giulia : Mais T où ? L'agneau est dans le four (agneau au cyanure ?) 💉
Francesca : Maintenant ta grand-mère ne trouve plus ses clés. Si elle ne se dépêche pas, je la fais disparaître elle aussi 💥
Giulia : T en train de rater des scènes mémorables : trois femmes et un agneau de lait 🖤🍗🖤

Ma sœur et moi sommes dans le salon, pour tenir compagnie à Cardini. Malheureusement, leurs voix nous parviennent de la cuisine. Un fade concours de politesses. Non, voyons, laisse-moi éplucher les patates. Attention, ma chérie, le four est brûlant ! Quel parfum délicieux, ce gâteau que tu as apporté. De temps en temps, Paoletta et moi échangeons un coup d'œil. Puis, en soupirant, nous nous jetons sur les noix de cajou pour oublier. *Reviens, papa, je t'en supplie.*

Cardini continue à nous complimenter. Il dit que nous sommes des femmes extraordinaires et qu'il n'imaginait pas que l'enquête aboutirait à un tel résultat. Nous lui avons rappelé que pour l'heure il n'y avait aucun résultat, et que l'enquête n'avait mené nulle part. Il voulait peut-être parler des *effets collatéraux*.

Francesca : J'ai réussi à faire monter ta grand-mère dans un taxi ! 🚀

Giulia : *Moi trèèès inquiète. Lui mort, elles ressuscitées : Joyeuses Pâques ?*

Cardini ne fait pas vraiment grimper la tension hormonale, il faut l'admettre. Celle-ci est beaucoup plus importante dans la cuisine. Je vais voir ce qu'elles fabriquent, histoire de remplir le bol de noix de cajou qui est déjà vide.

Mais je fuis tout de suite : elles se touchent de façon malsaine, avec n'importe quelle excuse. Passe-moi le couteau, trésor. Et leurs doigts se frôlent. Je les ai vues ! Je les ai vues ! Ada qui caresse les cheveux de Camilla. Ma mère qui pose sa main sur l'épaule d'Ada. Camilla qui n'arrête pas de tourner autour des deux autres. Mon Dieu, elles me font peur. Là, *collées*, à se frotter en veillant sur ce pauvre agneau. Je vais vomir toutes les noix de cajou que j'ai avalées.

Je fais un signe à Paoletta, pour l'inciter à aller voir. Elle me comprend au vol et se lève, justement, il y a une bouteille vide à jeter (déjà éclusée ? elles sont bourrées ?). Ça m'embête un peu de rester seule avec Cardini, je ne sais pas quoi lui dire. Je m'excuse avec un de mes plus beaux sourires – ah, ces fêtes de Pâques – et je me replie sur mon téléphone.

Giulia : *Dérive lesbienne*
Francesca : *Désolée, arrêt-pâtisserie. Maintenant ta grand-mère dit qu'elle ne peut pas arriver les mains vides (vulgaire prétexte pour se siffler une boîte de mignardises)*

Paoletta revient, les yeux révulsés. « Prêtes pour la Gay Pride », conclut-elle. Cardini ne comprend pas de quoi on parle, il sourit gêné. Je couvre mon visage avec mes mains, ma sœur rit. Cardini, moins bête que son regard, se retire poliment pour aller aux toilettes.

Paoletta, à voix basse, me raconte que quand elle est entrée dans la cuisine, Camilla et ma mère étaient accroupies devant les tiroirs du congélateur, joue contre joue. Mais c'est Ada qui l'a le plus troublée, en distribuant des caresses sur le dos de chacune durant la recherche du mirepoix surgelé.

« Franchement ça ne me plaît pas, je dis. C'est un peu malsain, non ? » Paoletta rit à nouveau, hausse les épaules. D'après elle, Camilla va être invitée à Paris. Elle est prête à parier son taxi. Puis elle me fait un bisou. Il faut toujours qu'elle m'embrasse en cachette, ma sœur. Maman n'accepte pas qu'il y ait un lien entre nous. D'une manière générale, elle n'accepte pas les liens qu'elle ne peut pas contrôler.

3

PAOLETTA

(La fille aînée de)

« Oui, explique ma mère, en mai Cristina et moi allons quelques jours à Paris, j'ai un petit appartement là-bas. »

Voilà. Je lance un coup d'œil à Giulia. *Nous y sommes.* Ma sœur pique le verre de grand-mère, aux prises avec son agneau, et avale une gorgée de vin.

« Je préfère entrer tout de suite en coma éthylique », me susurre-t-elle.

Je n'ai jamais vu Cristina aussi excitée, elle a enfin perdu son air de général. Elle pose une main sur le bras de ma mère en riant.

« Lieutenant Cardini, vous nous autorisez à prendre *des petites vacances, nous aussi* ? »

Cardini maudit probablement le moment où il a accepté cette invitation. Il est tombé dans l'embuscade, il s'en rend compte désormais. Il nous surprend cependant, personne ne l'imaginait capable d'ironie.

« Pour moi, vous pouvez disparaître toutes les sept », répond-il.

Elles rient, extasiées.

Grand-mère freine promptement l'enthousiasme. Elle écoutait donc. Nous n'avons pas encore compris si elle est sourde ou distraite. Quand elle veut, elle nous suit très bien.

« Vous espérez que l'odeur des épouses va le faire revenir ? »

Ma mère et Cristina rient à nouveau. La transformation est incroyable. Elles semblent libérées, elles ne se sentent plus épouses de personne, sans doute.

« Tu m'emmèneras voir de belles expositions ? » demande Cristina à maman en lui adressant un regard rêveur, comme si elle projetait une escapade amoureuse. Elle lui demande une chose qui n'a rien à voir avec l'art, je crois. Elle lui demande de la rendre heureuse ? Je m'en aperçois parce que, avec mon père, Cristina ne faisait pas ça : en voyage elle décidait tout et lui imposait les étapes nerveusement, prête à l'écharper s'il osait la contredire. Je suis sidérée.

Encore plus par ma mère, qui répond allusive, presque provocante : « Tu ne veux pas voir *que des expositions*, j'espère. »

Tout le monde la regarde. Pas moi, car je la connais. Quand elle veut plaire, ma mère a tendance à dissimuler ses principales armes de séduction. Elle sait que son raffinement intellectuel fascine Cristina, alors elle joue à cache-cache. Elle se donne l'air de celle qui n'a aucune envie d'être intellectuelle.

Mais qu'est-ce qui leur arrive ? Je ne comprends pas si ce spectacle est vraiment un inquiétant petit jeu entre elles ou s'il est destiné à Camilla. Elles ne peuvent pas s'empêcher de se disputer quelqu'un ?

Camilla me fait un peu peine. Ce scintillement ne trompe pas : les yeux sont sincères à leur insu. Elle transfère sa passion pour mon père sur ses femmes.

« Je ne suis jamais allée à Paris », glisse-t-elle.

La pauvre, elle cherche de l'amour, peu importe d'où il vient. Un problème que je connais bien. Je couvre mon front d'une main.

« Tu as mal à la tête, Paoletta ? » Ma tante a toujours été hypocondriaque. Elle voit des maux partout.

« Un peu, tu aurais un Doliprane ? »

J'essaie de lui faire plaisir. Francesca a besoin de se sentir utile. Dans son immense solitude elle se contente de peu, même d'être sollicitée pour un antalgique. En effet, elle est déjà en train de fouiller fébrilement dans son sac. Enfin quelqu'un lui demande quelque chose. Ça lui semble irréel. Intérieurement, elle souffre beaucoup de ce dialogue entre ma mère et Cristina. Elle, par exemple, personne ne l'a invitée à Paris.

« Voilà, trésor. Tu as tes règles ? »

Je secoue la tête. Déjà, elle va trop loin. Elle n'est décidément pas capable de rester à sa place, tout de suite elle déborde.

« Non », et j'avale l'antidouleur. De toute façon, de la douleur, il y en a toujours quelque part.

Giulia me cherche des yeux, désespérée. Je me tourne et lui souris, fatiguée.

« Ça ne va pas ? »

Je la rassure avec une grimace. Cette complicité avec ma sœur est trop importante, je dois la défendre. Cristina nous a toujours gardées à vue, comme si elle se sentait menacée par une relation entre nous qui échappe à sa juridiction.

Giulia siffle entre ses lèvres : « Tu-as-ga-gné-ton-pa-ri. »

Je lui fais un clin d'œil.

Effectivement j'ai gagné, car ma mère lance : « Pourquoi ne viens-tu pas avec nous, Camilla ? »

Giulia me donne un coup de pied sous la table, mais je suis un peu désemparée. J'ai beaucoup de mal à exulter, je touche son talon avec ma cheville pour ne pas la décevoir. Ma sœur a raison : c'est malsain.

« Oh oui, ce serait merveilleux », enchaîne Cristina en s'agitant sur sa chaise.

Elles ont l'air contentes que papa ait fichu le camp, je commence à le penser.

Camilla bafouille, en proie à l'émotion : « Vraiment ? Je peux venir avec vous *vraiment* ? »

Je ferme les yeux un instant. Je ne veux plus observer les autres. Non. C'est un exercice qui ronge la vésicule. Certes, on devra me l'enlever bientôt, mon gastro-entérologue a été clair, mais en attendant ça fait mal. Elle est tombée dans le piège, la pauvre Camilla.

Ma sœur aussi n'a plus envie de plaisanter et s'insurge.

« Mais Camilla, dit-elle (en l'apostrophant par son prénom), tu ne veux pas y aller *sérieusement* ? »

La maladresse de cette objection, trop directe au goût de ma mère et de la sienne, est comme un ballon envoyé par erreur aux attaquants adverses.

Cristina répond, irritée : « Ma chérie, ce sont des vacances *entre amies*, tu dois accorder un peu d'espace à ta mère.

— De l'espace ? » Giulia hausse le ton. « C'est toi qui me parles d'espace ! »

Maman, plus subtile, vient tout de suite en renfort : « Je te prêterai l'appartement quand tu voudras aller à Paris avec tes amis, Giulia. Promis. »

Suit un regard entendu à Cristina : « Allez, elle est grande. Il est normal qu'elle commence à voyager seule, tôt ou tard. »

Giulia et Cristina la fixent bouche bée. Giulia pense qu'il lui convient de se taire, l'échange peut être intéressant. Cristina semble disposée à renoncer à son rôle de mère omnipotente – décidant quand, comment et avec qui sa fille peut partir ou non – au profit d'une liberté propre, nouvelle et inconnue.

Dans ce silence toutefois s'immisce grand-mère, qui commente, séraphique : « Vous semblez très joyeuses depuis que mon fils a disparu. Comme s'il vous avait *rendu service.* »

Ma tante se lève d'un bond. Bruyamment, sa chaise vacille, griffe le parquet. Elle est à bout, elle ne peut pas en entendre davantage. D'un côté elle se sent trahie par Cristina qui, encore peu de temps auparavant, était son alliée contre ma mère. D'un autre côté par la même Ada, qu'elle a supportée pendant quarante ans et qui en quarante ans ne l'a jamais invitée à Paris. En outre, elles parlent toutes les deux comme si elle n'existait pas. Et pour achever de l'humilier, elles invitent *l'autre*, la dernière arrivée. La réplique de grand-mère est la goutte d'eau qui fait déborder le vase. Elles se permettent également de trahir le souvenir de Vittorio – un frère insaisissable, qu'au fond Francesca parvient à ressentir comme sien seulement maintenant – maintenant qu'il est officiellement un fantôme, et donc *un souvenir*, une chose très belle et bien plus facile à s'approprier que tout équivalent vivant.

« *Pauvre* Vittorio, dit-elle, *pauvre* Vittorio. Vous n'avez aucun respect pour lui. »

Elle se touche les cheveux, incapable de résister à son tic.

« Du respect ? intervient Cristina. Et lui, il en a eu quand il nous a abandonnées ainsi ? »

Francesca est rouge de colère, elle fait des grimaces avec sa bouche, sans doute pour ne pas éclater en sanglots.

« Il est peut-être mort, répond-elle. En tout cas, s'il ne l'était pas, aujourd'hui *vous l'avez tué.* »

Nous la regardons toutes, sauf Cardini, qui préfère fixer son assiette. Mais Francesca ne sait plus quoi dire. Elle est redevenue la personne que nous connaissions, avant l'arrivée des émoticônes. Évidemment cette défaite lui pèse, elle ne s'excuse qu'auprès de Giulia. Elle l'embrasse sur la tête, s'aplatissant avec une frénésie de perdante. Giulia reste de marbre durant cette sortie de scène – c'est un hommage au théâtre de la cruauté ? –, elle préférait clairement la facette virtuelle de sa tante, ce dialogue par tchat qui l'obligeait à être plus légère.

Dans tout ça, grand-mère ne semble pas troublée.

« Chicca, dit-elle, tu as insisté pour m'amener ici et tu t'en vas déjà ?

— Et ne m'appelle pas Chicca ! hurle Francesca en tapant du poing sur la table. Tu as bousillé ma vie avec ce surnom de merde ! Même sur les invitations de la Scala je suis *Chicca Fumagalli*, personne ne sait comment je m'appelle vraiment. Je suis encore esclave de ce foutu diminutif idiot que tu as imposé au monde juste pour me ridiculiser ! Chicca mon cul, compris ? Ça suffit maintenant ! Chicca mon cul. C'est clair ? »

Nous ne l'avions jamais entendue hurler. Et encore moins dire des grossièretés. Nous sommes paralysées.

Giulia éclate en sanglots.

« Vous êtes toujours les mêmes, crie-t-elle en larmes, vous me donnez envie de vomir. »

Devrais-je la prendre dans mes bras ? Moi qui la prends toujours volontiers dans mes bras, à cet instant, je n'y arrive pas. Sans doute parce que je pense que depuis sa naissance, mon père ne m'a plus prise dans ses bras. C'est probablement à cause de Cristina, qui se sentait menacée par ma présence. Mais chercher les coupables est inutile maintenant. C'est comme ça. Giulia s'enfuit en pleurant et je la regarde, sans quitter la table. Je suis adulte, je vis désormais sereinement avec toutes les choses qui m'ont manqué et j'accepte le peu d'élan qui en découle.

Finalement ma mère et Cristina ont perdu tout le brio, tout l'érotisme latent qui les animaient. Elles se regardent cependant – encore – pour se dire : « On débarrasse ? »

4

LUCREZIA

(La mère de)

Merci de me raccompagner, ma chérie. Tu es mal tombée, cette famille a une fâcheuse tendance à s'élargir : maintenant on te demande carrément de ramener la grand-mère. Oh, tu es trop bien élevée, mon enfant. Pourtant j'ai raison : tu t'éprends d'un homme et tu te retrouves avec ses femmes, ses filles, sa mère et sa sœur sur le dos. Ciel, quelle escroquerie. Surtout si l'on considère que l'homme en question a disparu. Il n'y a pas de quoi rire. J'espère que tu regrettes d'avoir passé les fêtes avec nous, chez toi tu aurais sûrement été plus tranquille. *Gentilles ?* Mon Dieu, c'est bien le dernier adjectif que j'utiliserais. Crois-moi, elles te fascinent autant juste parce qu'elles sont beaucoup plus âgées que toi. C'est facile pour elles. Ma petite-fille Giulia, par exemple, elle te fascine ? Ne baisse pas les yeux, ma chérie, c'était une question rhétorique. Bien sûr que non. Et tu t'es demandé pourquoi ? Je vais te le dire : parce que c'est la seule qui a moins d'expérience que toi. Regarde la route, ma chérie, sinon on va se prendre un poteau. Et surtout ne me regarde pas comme ça, je ne veux pas être adorée moi aussi, par pitié. Deux petites-filles me suffisent largement, si je devais adopter toutes les maîtresses de mon fils j'aurais une colonie. Non, chérie, à droite. Là, c'est une voie réservée. Tu n'es pas taxi, ne t'identifie pas trop à Paoletta, ou tu vas avoir une amende. Je note que tu es douée pour prendre les mauvaises routes. Qu'est-ce que je veux dire ? Rien, trésor, rien. D'accord, je vais être sincère. J'ai la sensation que tu essaies désespérément de te faire adopter. Je crains que tu ne te sois trompée de famille, hélas. Vittorio a toujours été un père irresponsable, je ne te le recommande pas. Et j'ai également de sérieux doutes sur l'instinct maternel d'Ada ou de Cristina, si tu veux tout savoir. Je suis vieille, ma chérie, c'est différent. Et puis ça, c'est de la psychologie simpliste, pas besoin d'être un génie. Même Chicca y arriverait. Penses-tu. Ma fille est ainsi, demain elle aura déjà oublié. Blessée, moi ? Pourquoi ? Désormais je prends les choses avec du recul. Peu m'importe. Je les laisse s'écharper. La disparition de Vittorio n'est qu'un prétexte, elles l'ont toujours fait. Alors je t'explique pourquoi je ne suis pas inquiète. Tu sais, le lien entre mère et fils est très profond : s'il était arrivé quelque chose de terrible, je le sentirais. Vittorio avait probablement de bonnes raisons de disparaître, c'est ce que je pense. Le feu est rouge, chérie. Tue-le lui, c'est un sain procédé, mais laisse-moi en vie, merci. Oh, je ne sais pas si je suis drôle. Je suis habituée à vivre, voilà tout. Il faut beaucoup d'humour pour arriver à quatre-vingt-neuf ans, tu sais ? Au prochain croisement, tourne à gauche. Mais qui t'a donné le permis, trésor ? Tu as de la famille qui travaille à la préfecture ? Bien sûr que je conduis encore. Sauf que je ne le dis pas. Ma fille et ma belle-fille seraient prêtes à déclarer que je suis incapable de comprendre et de décider pour qu'on me retire ma Fiat 500. Mais je l'ai cachée, ha ha. Je les ai eues. J'ai acheté un box que j'ai mis au nom de Marika, comme ça je l'ai sécurisée elle aussi. Aujourd'hui un box à Milan vaut presque trente mille euros, un joli petit pécule. En échange elle me couvre, c'est le minimum. Tu ne me trahis pas, hein ? Oui, je sais que tu ne le diras à personne. J'ai confiance. Par contre, si en freinant tu pouvais éviter de me faire redevenir droite comme quand j'étais jeune, je t'en serais très reconnaissante. Tu ne sais pas faire les choses *adagio*, hein ? Pardon si je suis indiscrète, tu as mis combien de temps à tomber amoureuse de mon fils ? Je parle sérieusement. Une semaine ? Ah non, bien sûr, *trois*. Ça change tout. Mon enfant, les hommes s'échappent inévitablement. Attention au cycliste ! Mon Dieu, quelle frayeur. Si je dis à Chicca que tu conduis comme ça, elle va te confisquer ta voiture. Voilà, on est arrivées. J'habite ici. Oui, c'est un immeuble Art nouveau. J'aime beaucoup aussi. C'est cette porte. Une fois de plus, saine et sauve. Incroyable. Aujourd'hui j'ai risqué gros. Du reste, je survis toujours, c'est presque un problème. Même pendant la guerre : à trois reprises je me suis retrouvée sous des bombardements. Tous morts, sauf moi. Merci, je marche parfaitement, je n'ai pas besoin d'aide. Ma chérie, ç'a été un grand plaisir de bavarder un peu avec toi. Tu es vraiment une fille bien. Tu ne mérites pas de passer les fêtes avec nous.

5

CAMILLA

(La maîtresse de)

Après ce déjeuner tu es trop excitée pour somnoler dans un fauteuil devant la télé. C'est le dimanche de Pâques, Milan est vide, mais dans les trente-six mètres carrés de ton appartement tu te sens prise au piège. Peut-être parce que tu es déjà un peu à Paris dans ta tête. En tout cas, tu as envie d'une capitale sous tes pieds.

En tournant dans le salon ton portable en main, tu cherches quelqu'un qui pourrait avoir envie de faire une promenade avec toi. Mais ils sont tous partis. Le week-end, la ville disparaît, pff. Si tu restes à Milan le samedi ou le dimanche, ça veut dire que tu n'as pas été capable de la dominer les autres jours de la semaine. Pendant les fêtes, n'en parlons pas, c'est comme si on avait lancé une bombe chimique, des files de réfugiés bloquent le périphérique. La destination ne compte pas, ce qui compte c'est de ne pas être là. Rester en ville est une honte. De toute façon, chaque monde possède ses règles tacites et toi, tu te trouves ici, tu dois donc les apprendre.

Par chance, justement cet après-midi, tu reçois le coup de téléphone d'une amie que tu n'as pas vue depuis l'université. Vous avez grandi dans le même village et, ensemble, à dix-huit ans, vous l'avez fui. Toujours ensemble, vous avez loué votre premier appartement à Milan. Vous habitiez dans un immeuble tout effrité qui donnait sur le centre de santé, unique lueur de modernité à proximité. En dehors de ça, si tu regardais dehors, tu ne pouvais que compter les draps étendus et les paraboles, comme dans n'importe quelle banlieue. Pourtant, en y pensant, tu es encore émue : au fond c'était le début d'une nouvelle vie.

Rita, oh Rita. La bonne personne, au bon moment. À elle, tu associes l'euphorie de prendre le métro. Quand tu étais fascinée par le pas pressé dans les escaliers et la patine de fatigue sur le visage des gens. Car à Milan on travaille, pensais-tu fièrement. Et tu marchais vite, même si tu étais en avance, en rêvant d'avoir toi aussi, un jour, un visage fatigué. Quand je travaillerai ici, pensais-tu.

Vous vous donnez rendez-vous au parc Sempione. Quoi de plus beau ? On va d'un château à un arc de triomphe et, au milieu, circule une Milan capable de vivre bien, quand elle ne travaille pas. Tout le monde est très civilisé, avec des vélos propres, qui ne polluent pas, et des enfants, tout aussi propres. Toi, tu te l'es fait voler trois fois, ton vélo, cependant tu aimais beaucoup venir pédaler ici, avant. Et tu imaginais que tu aurais des enfants auxquels tu mettrais un casque, même dans le parc, parce que le gravier est glissant et puis parce que ça leur va bien, au moins on voit tout de suite que ce sont des enfants civilisés.

Tu es impatiente de sortir, alors tu arrives en avance et tu attends ton amie devant la statue de Napoléon III, sous le grand orme. Tu l'attends aux pieds d'un conquérant à cheval et l'idée te séduit. Sous un arbre plus milanais que les Milanais qui, au fond, sont tous importés, pas d'appellation contrôlée. Lui non, l'orme règne à cet endroit depuis des siècles, bien implanté dans la terre lombarde depuis qu'il n'était qu'une malheureuse graine.

Dès que tu vois arriver Rita, oscillant sur ses talons éculés, engoncée dans une parka rose décolorée, la démarche négligée, l'illusion de gloire disparaît. Tu ressens un pincement de tristesse, rien de plus. Vous vous serrez dans les bras l'une de l'autre, bien sûr que vous vous prenez dans les bras (un peu émues même). Mais lorsque tu la serres c'est encore pire, parce que tu sens son odeur. Une odeur douceâtre de faux parfum de marque, qu'on trouve en promotion dans les bazars chinois. Il a suffi d'une étreinte et la voilà sur toi aussi, cette odeur. Elle est peut-être contagieuse.

Rita te dit des choses gentilles, mais cette odeur continue de t'obséder. Vous regardez la tour Branca et elle te rappelle que tu la prenais en photo. À cette période, tu photographiais Milan sous tous ses angles pour faire comprendre à tes parents que tu avais fui vers la modernité, et tu choisissais des gratte-ciel des années cinquante que par ailleurs tout le monde trouvait assez laids. Ça ne vaut pas notre palais communal, répondaient-ils. Alors tu te vexais, comme si tu avais bâti Milan de tes mains, et tentais d'expliquer que leur palais communal n'est même pas médiéval, qu'il a été remanié au dix-neuvième siècle. Tu semblais vouloir leur apprendre où ils étaient nés, et ils se vexaient à leur tour.

« Mon Dieu, c'est vrai. Je photographiais toujours la tour Velasca, dis-tu en te couvrant la bouche d'une main, trop drôle. » Mais ce souvenir ne te fait pas rire du tout.

Aujourd'hui, tu ne le confierais pas à Rita et ferais encore moins voir les clichés à tes parents, c'est la tour Unicredit que tu aimes prendre en photo. Une spirale élégante, tendant vers l'infini, comme celles de Borromini. Sauf qu'ici, l'élévation est guidée par les miroirs d'une autre religion. Un ami t'a raconté que, ironie du sort, ce monument au capitalisme ressemble dangereusement à celui au communisme, la tour Tatline, mais toi tu n'y peux rien, tu aimes cette flèche. Elle te rappelle que tu y es presque, qu'il te manque seulement deux cent trente mètres à la verticale pour arriver là où tu veux. En escalade c'est sans doute difficile, à pied en revanche ça ne prend qu'un instant, deux cent trente mètres, ce n'est rien. En fin de compte les choses auxquelles tu aspires sont proches.

Mais quand Rita te décrit sa vie, tout à coup tu te rends compte que trente-cinq étages ce n'est pas la porte à côté. Cette flèche que tu aimes, elle ne l'atteindra jamais, et toi non plus probablement. Alors la tristesse augmente, avec la perception de cette odeur, qui t'imprègne peu à peu. Du talc ? De la rose moisie ? Qu'est-ce qu'ils ont mis dans ce maudit parfum frelaté ?

Au fond, Rita est tout ce que tu as peur de devenir. C'est une fille qui a fait les mêmes études que toi, pour finir par travailler dans un grand magasin de meubles de jardin près de Trezzano. Une fille de la campagne, qui est née et qui a grandi quelques rizières plus loin et qui, comme toi, est partie pour Milan avec de beaux rêves et d'immenses attentes. Une fille qui se démène pour rembourser son crédit dans un deux pièces à Cesano Boscone, avec un fiancé plus raté qu'elle, maître-nageur dans une piscine de la périphérie.

La tranquillité avec laquelle Rita te résume cette défaite t'énerve. Elle essaie même de te faire croire qu'elle est heureuse ainsi. La statue à cheval triomphante, entre un arc et un château, vous regarde à présent, insolente. Mais, le plus grave, c'est que c'est elle qui te traite avec compassion.

« Bon, je ne vais pas me plaindre, dit-elle en souriant, c'est pire pour toi qui n'as plus ni travail, ni petit ami, *ma pauvre.* »

Elle plaisante ? Tu es prête à riposter. C'est vrai, tu n'as pas de petit ami à ce moment précis, il a provisoirement disparu, néanmoins on parle d'un grand écrivain, pas d'un type qui fait sautiller dans l'eau des grosses dondons. En ce moment, tu es au chômage, d'accord, mais sur ton C.V. rayonnent des années de gloire dans une des plus prestigieuses maisons d'édition italiennes. Mais l'odeur de talc et de rose moisie t'arrête avant. Tu ne veux pas être cruelle avec elle.

Tu préfères te montrer optimiste, alors tu expliques que parfois les choses vont bien et que parfois elles vont mal, ça arrive, et pour prouver ton enthousiasme envers l'avenir, tu racontes qu'aujourd'hui, justement, Ada Bertelli t'a invitée chez elle à Paris. Tu trouveras peut-être du travail là-bas, qui sait.

Rita écarquille les yeux, et pas parce qu'elle est impressionnée par tes projets français.

« Ada Bertelli ? Elle n'est pas un peu *vieille* ?

— C'est une grande journaliste, tu réponds, agacée.

— Attends, c'est pas la femme de l'écrivain avec qui tu couchais avant qu'il disparaisse ? »

La vulgarité avec laquelle elle tente de réduire ta relation avec Vittorio est inacceptable et te fait définitivement perdre patience.

« Sa première femme, précises-tu, ils sont divorcés. Maintenant Vittorio est marié avec une autre. Elle est très sympa aussi, on est très amies.

— Mon Dieu, mais tu fréquentes *toutes ses femmes* ?

— Ce sont des gens du monde. »

Tu n'en peux plus, tu n'as clairement aucune envie d'aller manger une glace avec elle. Ce parfum horrible en gâcherait le goût.

« Tu sais, j'attends un bébé, dit soudain Rita. Je voulais que tu sois la première au courant », et elle touche son ventre en te regardant.

Elle attend que tu le touches aussi ? Tu restes immobile, sur le pont des Sirènes. Tu fixes les statues avec leur rame à la main puis elle, qui sourit. Où veux-tu aller, à la rame ? Tu lui touches le ventre, d'accord, mais comme un porc qui touche les fesses de quelqu'un dans le tram, un de ces vieux trams qui ferraillent depuis un siècle à travers la ville. Puis, tu t'excuses, tu as un rendez-vous, un rendez-vous de travail très important, tu dois vraiment te sauver.

« Le dimanche de Pâques ?

— À Milan on travaille tout le temps, même sans le savoir. » Et tu te sauves.

Milan au printemps peut être très belle : le vert vif des pelouses devient presque phosphorescent à côté des murs gris, et tu as un peu envie de pleurer. Si tu ne trouves pas de travail, tu n'as pas le droit d'admirer les feuilles qui pointent ici. Tu marches vite, comme si tu avais hâte d'arriver quelque part.

6

FRANCESCA

(La sœur de)

Aucune discrétion dans son coup de sonnette, aujourd'hui elle est presque brutale et ne cache pas sa peur que Frida ne soit pas là. Mais Frida est là. Au début, elle s'inquiète un peu – Qu'a-t-il pu se passer ? Est-elle en colère parce que j'ai laissé ma poubelle sur le palier ? – puis, dès qu'elle ouvre la porte, elle fond en une sorte de lumière, une sorte de joie. Francesca entre sans la saluer. Ce soir, au moins, elle n'invente pas d'excuse.

« Vous auriez quelque chose de fort à boire, Cannavò ? »

Frida secoue la tête, ébahie.

« J'ai juste une bouteille de blanc au frais.

— Tant qu'elle n'est pas ouverte depuis trop longtemps. »

Et c'est elle qui dit ça. Frida soupire. Elle prend deux verres, légèrement ternis par le lave-vaisselle qu'il faudrait changer même si Francesca soutient qu'il est comme neuf, et les pose sur la table basse. Puis, elle ouvre le frigo et en sort le vin.

« Asseyez-vous. »

Francesca retire aussitôt son manteau et se laisse tomber bruyamment sur le canapé-lit. On entend un grincement. Le canapé-lit aussi serait à jeter.

« J'ai vraiment besoin de me calmer un moment. Je me suis disputée avec tout le monde. Je me suis levée de table et je suis partie.

— Je suis désolée.

— Elles sont tellement différentes de moi. Je suis beaucoup plus sensible. Peut-être trop.

— Bien sûr.

Frida aspire l'intérieur de sa joue. Elle n'arrive pas à la regarder dans les yeux quand elle ment.

Puis, le silence s'installe. Frida remplit les verres. Francesca boit une gorgée et fixe, songeuse, la porte de la salle de bains.

« Aujourd'hui, en rentrant en tram, je me disais que vous et moi, Cannavò, *au fond* nous étions amies. »

Frida fait signe que oui. Elle écoute en apnée, va-t-elle enfin lui dire un mot gentil ?

« Je n'ai jamais eu d'amies », enchaîne-t-elle.

Frida est un peu surprise par cet échange clairsemé, loin de la logorrhée habituelle. Cependant Francesca continue à ramener ses cheveux en arrière et à avancer les lèvres, comme pour donner un baiser, sans avoir la moindre intention d'embrasser qui que ce soit. Puis, elle roule des yeux, vaguement inquiète, et regarde Frida en biais.

« Il paraît que beaucoup de femmes de mon âge deviennent lesbiennes pour échapper à la solitude. J'ai lu ça il y a quelques jours dans le journal. Cette information m'a choquée. Mieux vaut se trouver une amie, non ?

— Bien sûr », répond Frida le regard baissé.

Francesca secoue doucement la tête et soupire : « Je n'ai rien contre les relations homosexuelles, attention, mais faire les choses à contretemps me trouble, je trouve ça triste. En réalité, je ne me suis jamais accordé un temps pour aimer. Avec Piero on tenait l'un à l'autre, c'est différent. Je ne crois pas avoir jamais aimé quelqu'un. Est-ce possible ? Je n'ai même jamais compris ce qu'entendent les gens par *aimer*. En tout cas, je n'aurais aucune envie d'apprendre maintenant. »

Frida ne parvient plus à parler.

« Et que faites-vous ici pendant les fêtes, Cannavò ? Vous êtes jeune : vous devez vivre, aimer, peu importe ce que cela signifie. Vous n'avez pas de petit ami ? »

Frida secoue la tête.

« Comment ça ? Vous êtes si jolie, c'est dommage », insiste Francesca.

Frida hausse les épaules. Ça lui fait plaisir qu'elle la trouve jolie. Elle ne sait pas quoi répondre, alors elle remplit à nouveau son verre en silence. Elle préfère changer de sujet et l'interroge sur la dispute.

« Le problème, c'est que sans Vittorio nous sommes toutes trop nues et trop seules, répond Francesca. Peut-être nous sommes-nous toujours disputées pour un fantôme, mais c'était un fantôme qui nous protégeait, qui faisait écran entre nous. Nous avions l'impression d'être une chose ou une autre à cause de lui ou grâce à lui. À présent nous sommes ce que nous sommes, sans excuses. Parfois je me demande s'il a jamais existé. »

7

CRISTINA

(La femme de)

Giulia traverse le salon comme une flèche, en larmes.

« Vous êtes toujours les mêmes, crie-t-elle, vous me donnez envie de vomir. »

Je me lève tout de suite de table, mais Giulia est plus rapide. Elle a couru se barricader dans sa chambre.

« Qu'est-ce que tu veux ? lance-t-elle à travers la porte. Va-t'en, laisse-moi tranquille. C'est trop te demander ? »

Giulia reprend une de mes expressions : *trop demander.* Me suis-je trop préoccupée de demander ? À Vittorio, par exemple. Qu'ai-je réussi à donner, en revanche ?

« Trésor, fais-moi entrer. Parlons un peu.

— Non. »

Ma fille grandit et pour grandir elle a besoin de dénier mes efforts, mes sacrifices, la peine que je me suis donnée pour l'amener jusqu'ici. C'est normal, je dois me le rappeler.

« Alors je retourne avec les autres et tu m'appelles quand tu veux parler.

— Je ne veux pas parler avec toi. »

Je retourne au salon, mortifiée. Je regarde Ada.

« On débarrasse ? »

Camilla propose de raccompagner ma belle-mère vu que

Chicca est partie et que Paoletta descend récupérer son vélo dans la cour. Naturellement, elle ne me remercie pas pour le déjeuner.

« Elle va se calmer, dit Ada en m'aidant à plier la nappe. C'est juste l'adolescence. Tu n'imagines pas toutes les scènes que me faisait ma fille, à son âge. »

La relation avec Ada est une surprise perpétuelle. Ces derniers temps nous nous retrouvons souvent pour boire un spritz. Nous sommes d'accord sur tout. Partager les mêmes inquiétudes nous aide beaucoup. Les autres ont perdu la tête. Francesca refuse tellement cette situation qu'elle préfère vivre dans un roman d'Agatha Christie, elle ne se rend pas compte. Ada l'a vue fouiller dans son bureau et moi dans mon sac. L'indifférence de Lucrezia est troublante. Elle se comporte comme si Vittorio était parti en vacances. En contrepartie, Paoletta s'est réfugiée dans le passé. Repliée sur elle-même, elle cultive l'introspection dans l'espoir de faire réapparaître son père, qui sait, comme s'il s'était caché dans quelque pli de son âme. Giulia aussi semble déconnectée de la réalité. Elle essaie de transformer cette tragédie en une fête. Elle s'agite quand arrivent les carabiniers, s'enthousiasme pour les attentions qu'elle reçoit au lycée, utilise Facebook comme une thérapie de groupe. Camilla Tabellini est désarmante. Difficile de ne pas s'attendrir sur cette pauvre fille. Que faire d'autre ? Certains soirs nous nous regardons dans les yeux et nous nous demandons pourquoi nous nous sommes fait la guerre durant tant d'années. Nous avons toujours la sensation d'être passées à côté de quelque chose.

Dès qu'Ada s'en va, Giulia se décide à ouvrir sa porte, comme pour négocier. Dans l'entrebâillement, elle montre juste son visage, ses yeux encore rouges et gonflés.

« Alors ? On parle un moment ?

— *Je sais très bien où il est* », me répond-elle.

Je respire un grand coup, pour m'armer de patience : « C'est-à-dire ? »

Silence. Giulia ronge ses ongles, la tête basse. Elle réfléchit. Parler ou se taire. Puis la porte se referme. Mais je ne m'avoue pas vaincue, je frappe tout doucement.

« C'est-à-dire, trésor ? »

Rien. Alors je commence à parler à travers la barricade. Avec calme. J'ai une intuition.

« Chérie, dis-je, j'ai l'impression que tu portes un poids trop lourd. Et peut-être qu'il est trop lourd parce que ce n'est pas un poids que tu devrais porter... »

La porte s'entrouvre, dans la fente apparaît un œil. Puis un nez. Puis des lèvres, que Giulia pince nerveusement, indécise. Je lui souris, enjôleuse.

« On peut le porter ensemble ce poids, si tu veux.

— Continue. Je t'écoute », répond Giulia toujours derrière la porte entrouverte.

Elle m'écoute ? Quelle phrase insolite dans notre relation, je suis déconcertée. Maintenant je crains encore plus de me tromper. Je réfléchis un instant.

« Ne pense pas à ce que les autres attendent de toi.

— Et toi, maman, qu'attends-tu de moi ?

— Je n'attends rien. »

C'est un énorme bobard, mais Giulia est trop jeune pour s'en apercevoir, et puis on a tous besoin de mensonges, de temps en temps.

« J'attends que tu me dises ce que tu as besoin de me dire », je continue avec le même ton très doux.

Je ne sais pas si je dois éprouver de la honte pour cette dernière sortie ou de la satisfaction pour la phrase à effet. C'est la seconde qui l'emporte, car Giulia sort enfin et me serre dans ses bras.

« Maman, dit-elle, oh maman. »

Je la serre dans mes bras aussi. J'opte pour un geste, de peur de compromettre cet élan avec un mot inopportun.

« Il m'a écrit hier, maman, il m'écrit toutes les semaines. Pour ne pas m'*inquiéter*, tu sais. »

Je la regarde. Je suis incapable de répondre.

« Papa va bien », dit-elle. Et elle le dit gaiement.

Seulement moi, là, je ne souris plus du tout. Alors Giulia recommence à s'agiter.

« Il m'avait fait jurer de ne rien dire à personne, bredouille-t-elle, essaie de comprendre. Si tu veux, je le dis *aussi* aux carabiniers. Si tu penses que c'est *vraiment nécessaire*, je le fais. Promis. Je t'en prie, maman, essaie de comprendre. Je ne pouvais pas le trahir. Essaie de comprendre. »

Je caresse ses cheveux soyeux, sa joue lisse, sa nuque fragile. Puis je la regarde dans les yeux. Comprendre ?

« Il faut tout mettre dans un procès-verbal, idiote. »

Et je lui colle une gifle. Je sais que c'est une erreur, mais je lui en colle une autre et même une troisième, tant que j'y suis. *Comprendre ?* Ma fille est une tête à claques, point.

IV

ASSOMPTION

1

FRANCESCA

(La sœur de)

Francesca a dépassé la limite de vitesse d'une petite poignée de kilomètres-heure, mais en Suisse ils sont un peu sévères, et ils lui ont retiré son permis pour trois mois. On est début août et elle a besoin de quelqu'un pour l'accompagner en Engadine. Ainsi Frida se retrouve invitée à la montagne (« Avez-vous le permis par hasard, Cannavò ? — Oui, pourquoi ? — Avez-vous déjà vu les lacs de Saint-Moritz, Cannavò ? — Non, pourquoi ? »).

Elles partent tôt le matin, sous un ciel net qui laisse voir les Alpes dès l'arrivée en Brianza. Frida a le cœur qui bat, elle a l'impression de partir pour une lune de miel. Francesca se fait aussi aider pour porter ses bagages, comme si elle avait loué une voiture avec chauffeur. Elle critique à plusieurs reprises la disposition des valises dans le coffre qui, selon elle, ne convient pas du tout. Puis, elle s'assied, attache sa ceinture et donne les indications pour rejoindre l'autoroute (« Pourquoi prenez-vous par là ? C'est une pure folie, Cannavò, il y a beaucoup plus de circulation. Mais quelle idée de tourner à gauche ? Écoutez-moi, s'il vous plaît. Et faites *exactement* ce que je vous dis, sinon nous n'arriverons jamais à destination »). À partir de là, sur cent vingt-sept kilomètres – une heure et quarante-cinq minutes de route – jusqu'à la pause à Chiavenna, elle ne parle que des autres femmes.

Frida commence à se rendre compte qu'elle ne peut être personne pour Francesca. Parce qu'elle n'est pas *une femme de*. Le nom ne compte pas, tout se concentre dans la préposition. Leurs fantasmes hantent ce complément de spécification – leurs sentiments tiennent dans un génitif. Une préposition est moins ambiguë qu'un nom. Un nom fait illusion, c'est une fausse certitude, il donne l'impression de savoir qui on aime. En réalité, on ne le sait jamais. De ce point de vue, une préposition est plus honnête : elle nous rappelle seulement notre appartenance à quelque chose, qu'on le veuille ou non.

Les doutes arrivent après la frontière, des doutes qui grandissent de manière exponentielle dans les virages du col de la Maloja. Frida regarde autour d'elle effrayée. Il y a partout des signaux qui incitent à ne pas continuer, qui recommandent de ne pas franchir une certaine limite, de vitesse naturellement, mais la métaphore dans cet environnement devient plus menaçante. On croise pourtant des cyclistes qui n'ont peur de rien. On les voit en sueur, affronter, courbés et stoïques, une montée terrifiante au titre de Dieu sait quel défi intérieur. Il y a des gens qui se donnent plus de mal que moi, pense Frida ; c'est une pensée inquiète, elle ne comprend pas ce qui les pousse à se faire exploser le cœur. Puis, elle aperçoit l'énième panneau qui la met en garde. Attention ! Tu pourrais croiser un cerf. Les panneaux affichant un cerf ont toujours quelque chose d'improbable, il y a plus de chances pour que le car devant toi peine à franchir le tournant en épingle, glisse en arrière et bloque le passage. Mais les cerfs, ça marche mieux, c'est plus sinistre. Attention ! Un animal sauvage va apparaître ! Il apporte des révélations ! En réalité, tu dois vraiment faire attention quand la voiture de sport derrière toi vrombit et te double en plein virage, sans se soucier d'un éventuel précipice, te poussant contre la paroi rocheuse. Comme cela arrive souvent, tandis que tu roules, tendue et prudente, quelqu'un fanfaronne et pique une accélération fourbe qui te stresse encore plus. Frida s'efforce de respirer un grand coup, le dépassement l'a un peu perturbée. Cependant, pas de trêve : voilà que sont annoncés des travaux. Attention ! Attention ! Cette montagne tente peut-être de lui dire quelque chose. Elle doit peut-être l'écouter.

Juste après avoir longé le plus beau lac, celui de Sils, et l'île de Chaviolas, Frida entend une voix qui lui dit de s'arrêter. Il s'agit vraiment d'une voix, comme celles qu'entendent les schizophrènes. N'étant pas schizophrène, elle n'a pas l'habitude de ce phénomène, et la voix se traduit nécessairement en crampes d'estomac qui obligent Frida à se ranger sur le bord de la route. Elle descend de la voiture pour voir si une bouffée d'air lui ferait du bien.

« Ben, que se passe-t-il ? » Francesca ne la rejoint pas, elle lui parle simplement à travers la vitre baissée, sa ceinture encore attachée. « Vous avez la nausée ? Je vous avais dit qu'il valait mieux manger seulement une assiette de bresaola. Les *pizzoccheri* sont impossibles à digérer. Surtout si on voyage. »

Frida ne répond pas, elle se contente de secouer la tête et de marcher près du lac en respirant profondément. Elle a la sensation d'être dans un tableau de Böcklin, quelle merveille. Mais elle ne se promènera jamais là où s'est promené Nietzsche. Il y a des lieux qu'on a aimés et qu'un jour on doit abandonner. Et des lieux qu'on aimerait et qu'on ne verra jamais. Tant pis.

« Et puis tout ce beurre fondu, insiste Francesca, toujours dans la voiture. Je me demande comment vous avez survécu jusqu'ici. Je vous avais prévenue : la route tourne beaucoup. »

Tu n'es pas sa bonne, dit la voix. Ni son chauffeur. Est-il normal qu'elle se manifeste uniquement quand elle a besoin de quelque chose ? Rentre, Frida. Qu'as-tu à voir avec ces femmes, toi.

« Cannavò, vous n'êtes quand même pas *enceinte* ? »

Frida a un haut-le-cœur. Elle se penche et ouvre la bouche, mais de ses lèvres ne coule qu'un filet de salive. La voix a sans doute raison – Qu'est-ce que tu as à voir dans tout ça, toi. Si Frida poursuivait le voyage, sans réfléchir, entre les pâturages et les bottes de foin, dans la plaine ou sur les arêtes des crevasses, à la même allure mécanique qu'un train rouge de la Bernina, indifférent à l'élégiaque ou au sublime, elle pourrait découvrir un des plus beaux endroits au monde. Mais elle n'est pas un train. Ni rouge ni d'aucune autre couleur. Donc elle ne le découvrira pas. Tant pis.

« En plus, vous avez bu deux verres d'inferno, continue Francesca imperturbablement en fouillant dans son sac. J'ai peut-être un sachet de Gaviscon, je vérifie. Si ce soir vous me parlez de rösti et de würstel, je jure que je ne vous connais plus. »

Frida regarde l'eau verte du lac. La surface moutonne, on dirait l'ondulation de la mer rendue nerveuse par le mistral. Pendant ce temps, la voix s'amuse à la tourmenter : Ne crois-tu pas que cette femme est trop vieille pour avoir des comportements aussi enfantins ? Elle a quelque chose de pathétique.

« C'est l'altitude, Cannavò. Après le col de la Maloja l'écart est terrible. C'est comme un téléphérique qui nous emmène au sommet trop vite. Beaucoup de gens se sentent mal, vous n'êtes pas la seule. »

Frida presse ses mains contre ses tempes et serre ses paupières. Stop, stop.

« Je commence à avoir froid, Cannavò. Pouvez-vous me passer mon pull qui est dans le coffre ? »

Frida regagne la voiture à pas pressés. Elle ouvre le coffre et décharge toutes les valises de Francesca sur l'herbe. Francesca détache sa ceinture brutalement et sort en courant.

« Mais que faites-vous ? Elles vont se salir, la terre est humide, il vient de pleuvoir. »

Frida se tait. Elle reprend rapidement sa place au volant et repart, laissant Francesca sur le bas-côté avec ses valises. Elle fait demi-tour, défiant la juridiction suisse – de toute façon elle n'aura plus l'occasion de venir ici –, et rentre, vers Milan. Elle cherchera un autre appartement, avec un lave-vaisselle qui fonctionne et un canapé décent. Elle en a marre. Vraiment marre. Fumagalli a un balai dans le cul, ses étudiants ont raison. Et dorénavant quand quelqu'un l'imitera, elle rira.

2

PAOLETTA

(La fille aînée de)

Depuis deux mois je suis amoureuse, alors je passe moins de temps à me demander si mon père va réapparaître ou non. En général, je suis attirée par des cas désespérés, dans lesquels je me reconnais. Cet été mon attention a été monopolisée par une gamine de vingt-deux ans aux cheveux courts, qui a tendance à prononcer trois cents mots par minute. Sèche, plate, habillée comme un étudiant timide qui ne veut pas se faire remarquer, elle me rend folle.

Malheureusement Micol est un peu agressive (on le devine à la manière brutale dont elle roule ses cigarettes) et a quelques problèmes relationnels avec les autres. Elle ne tient pas en place, certains soirs, par exemple, elle me donne la migraine. Elle se fait emmener dans un bar et au bout de cinq minutes elle veut déjà être ailleurs. Il y a toujours quelqu'un qui l'énerve. Quelqu'un qui, on ne sait comment ni pourquoi, la blesse. En somme, elle est un peu bagarreuse.

« Allons-nous-en, je ne peux pas rester ici une minute de plus, dit-elle.

— Pourquoi ?

— Ce connard là-bas au fond, le chauve, si je reste encore, je vais le frapper.

— Mais qu'est-ce qu'il t'a fait ?

— Laisse tomber, mieux vaut qu'on parte tout de suite, c'est tout, sinon ça va mal finir. »

En général, je prends sur moi et cet énorme gaspillage de tolérance m'aide dans un certain sens : il devient difficile de trouver de l'énergie pour quelqu'un d'autre. Mais j'ai pensé qu'à trente-trois ans il était plus sain d'être usée par une gamine jamais contente que par son propre père. Dans mon for intérieur je continue de l'attendre, bien sûr, mais distraite par d'autres attentes.

Puis, un soir, fatiguée de courir après une hystérique à l'allure d'étudiant geek, j'ai téléphoné à ma mère. Bien entendu, elle était avec les autres.

« Désolée, il y a beaucoup de bruit, criait-elle, je suis sortie avec les filles. »

J'ai levé les yeux au ciel. *Les filles*, passons. J'aurai tout entendu. Dernièrement maman et les autres ressemblent à ces quadras célibataires qui dans les bars doivent à tout prix montrer qu'elles s'amusent avec leurs amies, qui chantent et dansent sur les tables, le visage déformé par les grimaces tandis qu'elles interprètent une chanson pop, entre clins d'œil, langues tirées et pornographie tonsillaire.

Dès qu'elle est sortie du restaurant, je lui ai résumé la situation avec Micol (« C'était mieux quand je n'aimais que les femmes plantureuses entretenues par leur mari ») et lui ai demandé si je pouvais la rejoindre à la montagne quelques jours.

« Pour prendre un peu l'air. Si ça ne dérange pas évidemment.

— Tu es sûre ? Tu sais qu'*elles sont toutes là.* »

Elle n'y croyait pas. J'évitais cet endroit depuis des siècles. La dernière fois que j'avais mis les pieds dans cette maison, c'était l'année de mon bac. J'y étais allée pour réviser.

« Si ça ne te pose pas de problème, maman, insistai-je.

— Pas du tout, pour moi c'est une joie immense. Je suis juste surprise. Ton père disparaît et tu réapparais, la vie est vraiment étrange. Je vais vite faire ton lit.

— Merci. »

Puis ma mère s'est tournée vers les autres en lançant : « *Les poulettes*, Paoletta nous rejoint. Vous êtes contentes ? »

À l'autre bout du fil un cri d'enthousiasme a retenti. Quelqu'un a même aboyé. Ou alors c'était un vrai chien qui passait par là, je ne sais pas.

La maison de La Punt a été achetée par ma grand-mère en 1975. Trente ans plus tard, en 2005, elle a été divisée en trois appartements. Grand-mère s'est réservé le rez-de-chaussée, en prévision de la vieillesse (« Quand je ne pourrai plus prendre les escaliers »), et a fait donation du reste à ses enfants. Les gestes généreux provoquent des conflits, c'est connu.

Depuis lors, Francesca et Cristina n'ont jamais cessé de parlementer. Au début, elles se disputaient pour le premier étage, qui aux dires de chacune était le meilleur. Mon père naturellement essayait de se tenir en dehors, mais se tenir en dehors était impossible. Cristina affirmait que le deuxième étage était ingérable, avec une poussette à monter et descendre, même si le problème de la poussette avait été évacué car Giulia avait déjà sept ans (« Mais nous pourrions vouloir d'autres enfants : nous devrions y renoncer juste parce que notre appartement à la montagne est au deuxième étage ? »). Francesca n'arrêtait pas de se plaindre de la température, qu'on soit en août ou en janvier, il faisait toujours trop chaud ou trop froid là-haut, et elle ne perdait pas une occasion de faire porter aux autres la responsabilité de ses rhumes et de ses insomnies (« Mon Dieu, Chicca, tu es la seule qui arrive à transpirer à deux mille mètres »).

Pour finir, devant le notaire, ils avaient tiré au sort, avec un résultat malheureux. Formellement, Francesca avait gagné, mais elle avait été contrainte de sacrifier sa victoire à l'influence de Cristina, qui s'était mise à pleurer pendant la lecture de l'acte, plongeant les témoins dans un grand embarras. Au fond, en se rétractant, Francesca espérait une victoire supérieure : être autorisée à endosser le rôle de la victime. Elle n'avait pas compris que Cristina entendait prendre possession du premier étage sans rien concéder (elle se plaisait même à soutenir qu'au premier on transpirait et on se gelait encore plus).

Un an après la donation, la gestion territoriale controversée avait été compliquée par le fait que, selon ma grand-mère, on ne pouvait pas m'exclure ainsi de la division. Pour elle, j'avais été ostensiblement lésée par Cristina qui, dans la rénovation de l'appartement, n'avait même pas prévu une chambre pour moi (« Il y a une chambre pour nous, une pour Giulia et une *pour la nounou* : vous voudriez qu'on renonce à la cuisine ou au salon ? »).

Francesca considérait cependant que le patrimoine familial devait être divisé en deux, parce qu'ils étaient un frère et une sœur, elle et Vittorio ; il serait injuste de découper encore son deuxième étage déjà inconfortable au bénéfice d'une autre héritière, juste pour satisfaire les caprices de Cristina. Alors, grand-mère, ferme dans ses intentions, pour ne pas générer d'autres litiges, a divisé en deux son propre appartement, me donnant la nue-propriété d'une partie (pas l'usufruit, car elle craignait que je la vende tout de suite, comme le deux pièces de Milan).

Seulement moi, je n'avais aucune envie de passer mes étés dans ce cercle d'envieuses et de colériques, donc je ne voulais rien. Grand-mère pouvait garder son appartement. Son attention me suffisait. Alors, ma mère, pour me convaincre d'accepter la donation, m'avait proposé un échange intéressant. Vu qu'elle éprouvait le besoin de se reposer et que, finalement, lorsqu'elle allait à Paris, elle travaillait plus qu'à Milan, elle était prête à me laisser son appartement en France contre le mien en Suisse *chaque été*. J'ai immédiatement accepté.

Naturellement cela avait provoqué la fureur de Cristina, qui cette fois était impuissante, car l'acte était signé (« Elle l'a fait exprès, cette sorcière ! Elle a embobiné tout le monde ! »). Et également celle de Francesca, qui n'arrivait pas à se libérer de ma mère, même après le divorce.

Malgré les polémiques, les esclandres et les affronts, maman se plaisait beaucoup à la montagne – que de splendides promenades, de joyeux dîners entre amis, d'après-midi relaxants dans les vapeurs d'un spa –, et cela énervait encore plus les autres.

En somme, cet endroit merveilleux se transformait en un enfer, vacances après vacances, en particulier quand mon père n'y était pas. Et il faisait tout pour ne pas y être. La maison de La Punt était source de tensions si malsaines qu'un jour papa, pour sortir de l'impasse, avait proposé de mettre son appartement en location. Qu'est-ce qu'il n'avait pas dit. Elles s'étaient dressées telles des vipères, soudain prêtes à faire bloc pour l'en empêcher.

Cristina est montée sur ses grands chevaux, selon elle c'était une capitulation (« Comme d'habitude, je dois renoncer à tout, juste parce qu'Ada essaie encore de nous gâcher la vie »). Francesca disait qu'elle avait dû se contenter du deuxième étage et qu'elle n'aurait jamais accepté si elle avait su que le premier finirait entre les mains d'étrangers (« Je devrais transpirer toutes les nuits pour le confort d'une famille de Zurich ? »). Là, grand-mère regrettait vraiment sa donation (« Je ne veux pas d'enfants qui courent au-dessus de ma tête ni de gens qui font des barbecues dans mon jardin : oublie ça, Vittorio. J'aurais dû faire de cette maison un hôtel pour chats »).

Voilà, elles passaient tout le mois d'août à se disputer. Chaque été. Elles semblaient aller là-bas pour ça. Cristina était insupportable parce que papa promettait de la rejoindre début juillet, et il ne se présentait pas avant le 15 août. En attendant, ma mère était toujours invitée aux fêtes et pas elle, ce qui n'arrangeait rien. Elle devait passer toutes ses soirées avec ma grand-mère et ma tante à regarder la télévision. Giulia tentait de la consoler – « Allez, au moins tu n'es pas seule » –, en vain. Cristina finissait par s'en prendre à elle aussi. Elle disait que grand-mère était sourde, qu'elle mettait le volume trop fort, et qu'il était impossible de voir un film en entier parce que Chicca ne se taisait jamais. Elle parlait, elle parlait, couvrant les meilleures répliques, éclipsant les scènes cruciales, gâchant les dialogues. Et grand-mère, qui avait du mal à suivre, montait encore le son.

Le lendemain matin, elles recommençaient à s'accrocher, pour la voiture, pas pour la télévision. Francesca disait qu'elle en avait besoin pour aller faire les courses au supermarché de Samedan, et il n'y avait pas moyen de l'orienter vers la supérette à deux pas de la maison parce qu'elle devait cumuler je ne sais quels points pour gagner je ne sais quel lot, alors Cristina était folle de rage parce qu'elle ne pouvait pas aller se promener avec ses amies. Elle devait attendre que sa belle-sœur rentre et, en plus, passer l'après-midi avec elle, car pour ma tante il allait de soi qu'elles se promenaient ensemble (« C'est pour ça qu'on ne m'invite pas, pestait Cristina, elle est toujours dans mes pattes et personne ne la supporte »).

La rancœur envers Francesca disparaissait cependant dès

que ma mère revenait bronzée d'une randonnée ou un peu éméchée d'une soirée. Les deux autres devenaient soudain complices. Elles s'enfermaient dans la cuisine et commençaient à jaser – pendant que grand-mère, enfin seule, en profitait pour avaler clandestinement un petit verre de grappa et une poignée de chocolats (« Maintenant elle sort avec ces Bressans qu'elle trouvait vulgaires. — Tu as remarqué que c'est toujours ce monsieur de Bâle qui vient la chercher ? Du beau linge, selon toi ? »).

Grand-mère aussi avait du mal à les supporter, elle me l'avouait de temps en temps : « Je me suis réfugiée ici pendant la guerre, parce que ton grand-père était antifasciste. Et je t'assure que c'était moins stressant. »

3

GIULIA

(La fille cadette de)

J'entre au Dracula et m'aperçois tout de suite qu'en bas, au fond, scintillant presque trop dans les mille reflets de la boule à facettes, IL est là. Avec sa nouvelle meuf, le connard. Je fais semblant de ne pas le voir et cours retrouver mes copines. Heureusement, je suis canon ce soir. Talons de douze, sac Prada, lunettes Tom Ford même dans le noir.

Eh salut, salut, je dis. Et je remarque qu'un vieux de trente ans mate mon cul quand je me penche pour embrasser mes amies du lycée. *Espèce de cochon, j'ai seize ans (dix-sept en décembre)*. Mais ça m'amuse, alors je me penche davantage. *Tu as vu mes bas autofixants, tu aimes ?*

Je commande un Martini, en croisant les jambes. Ce soir j'ai vraiment envie de me vider la tête. Peut-être même que je vais me faire ce porc là-bas, qui vient de me faire une coloscopie. Je me tourne et lui lance un regard provocant. *Je t'aurai, connard.* J'attrape les mains des filles – de Greta, de Ludo, et de Marty –, je me frotte, me répands en bisous, super affectueuse – toujours pour le plaisir des mateurs, je les connais, avec leurs fantasmes pédolesbiens – *allez-y.*

Je sais très bien qu'il me regarde LUI aussi, et qu'il désapprouve. Mais je suis tranquille : qui désapprouve s'excite. D'ailleurs, le voilà. Attention, attention, il vient nous saluer. Je lui tends à peine une main, comme une comtesse attendant qu'on y pose ses lèvres, j'espère qu'il va remarquer mes faux ongles. Il s'assied parmi nous, mais je fais l'indifférente. Je ne m'intéresse qu'au bustier de Ludo, et avec cette excuse je glisse mes mains entre ses seins. De toute façon, elle est déjà bourrée.

« On est de vraies salopes, je lui murmure à l'oreille.

— Tais-toi, je te rappelle que tu es encore vierge », elle me répond en riant.

Je continue à me tourner vers le porc, là-bas au fond. Qui ne me lâche pas des yeux. Pendant ce temps, IL est allé me chercher un autre Martini. Pauvre mec, il suffit de le mépriser pour qu'il te coure après. Aujourd'hui il va comprendre qui je suis.

Je lance un coup d'œil au vieux de trente ans, un regard ingénu et embarrassé. *Pour effleurer ma petite culotte tu serais prêt à aller en taule ?* Puis, pour le chauffer comme il faut, je retourne m'occuper de mes copines et de leurs gros nichons.

« Ludo ? Où t'as piqué ce foutu bustier ? Il n'arrête pas de tomber, bientôt on va voir tes tétons. Viens là…

— Il est à ma sœur. Canon, hein ?

— Une belle cochonne, ta sœur », je réponds en maniant le bustier avec des gestes limite sado-maso pour faire chavirer mon mateur attitré. Et mon ex, au passage.

Elles rient toutes, mais j'en ai déjà marre. Alors je décide d'aller aux toilettes, pour me promener un peu. Du coin de l'œil, je note que le porc me suit. Je me redresse d'un coup, tel un serpent face au joueur de flûte, même si en l'occurrence la joueuse de flûte c'est moi. *Viens donc, mon cochon.*

J'entre dans les toilettes des femmes et claque la porte. Je me remets du rouge à lèvres, calmement. Très, très calmement. Je sais qu'il m'attend dehors, comme un chien. *Tu ne peux pas entrer*. Puis, je sors fièrement, en croisant les chevilles malgré mes talons trop hauts. Je me suis beaucoup entraînée pour rendre cette démarche crédible.

Mais le porc me piège : il m'attrape par le bras et me plaque contre la porte des chiottes. Il commence à me toucher. Je ne peux pas lui dire que personne ne m'a jamais touchée comme ça, et que c'est la première fois que j'éprouve certaines sensations. La peur m'empêche presque de respirer, cependant je le laisse faire. Merde, il déboutonne mon chemisier. Mon Dieu je suis nue en public, moi qui n'ai jamais été nue en privé. Je suis rigide, tandis qu'il me dit que j'ai un corps ferme et qu'il soupèse mon sein d'une main. J'écarquille les yeux, incapable de répondre. Puis il remonte ma jupe autour de ma taille et baisse ma culotte. N'importe qui peut passer et me voir ainsi, néanmoins je n'arrive pas à réagir. J'avale ma salive, mon cœur bat très fort.

D'un coup, je ne vois plus son visage devant moi. Il s'est agenouillé. Pourquoi ? Que veut-il faire ? Alors je panique et je crie. Mais c'est un petit cri, la musique l'a étouffé. Je sens sa langue, mon Dieu. Je ne peux parler qu'avec les yeux, toujours grands ouverts, parce que certaines choses, je ne les ai jamais vécues. Je ne sais même pas dire si ça me plaît ou non. C'est trop pour moi, alors je pleure.

Et là, le porc me surprend. Il se lève, s'essuie les lèvres d'un geste horrible, puis caresse mes cheveux, les écarte de mon front et libère mon visage. Il dit qu'il voudrait m'appeler par mon prénom, mais qu'il ne sait pas comment je m'appelle. Et je pleure encore plus.

Le lendemain, je suis crevée. Ma mère me réveille à 9 heures parce qu'elle ne s'est pas rendu compte que je suis rentrée à 5 heures. Elle veut que j'aille marcher avec elle jusqu'au refuge Segantini. Elle rêve. Avec les autres en plus, plutôt mourir. Je préfère aller faire un tour à vélo toute seule.

Vers midi, je monte avec mon VTT sur le Bernina Express, j'ai besoin de pédaler pendant des heures, peut-être autour des lacs. Par moments, je lève les yeux vers les montagnes, qui ont toutes des noms lugubres, incontestablement mortifères – Morteratsch, Corvatsch, Diavolezza –, et je leur demande des explications, à elles, ces altesses qui, en matière d'enfer doivent s'y connaître. Mais elles ne me répondent jamais.

On devrait inventer une application pour parler avec Dieu, j'aimerais bien recevoir des confirmations de lecture. *Dieu, je t'en prie, ne me fais pas vieillir comme elles. Vu le vendredi 15 août à 12:56.*

J'aime cligner des yeux devant l'eau, aveuglée par cette lumière coupante. Une lumière qui n'épargne personne. À elle, toutefois, je ne demande rien. Je n'essaie même pas. Car c'est une lumière qui ne se préoccupe pas des autres. Froide, presque trop nette, elle rend précise uniquement sa vallée, jamais le reste. Désormais, je l'ai comprise : elle brille, se réverbère et ricoche pour elle-même, on est exclu de son scintillement. On ne peut que le constater.

Dieu, explique-moi pourquoi les gens s'affrontent si durement pour un endroit où tous les cent mètres on trouve un distributeur de sachets qui servent ramasser les crottes de chien, alors qu'on traverse des routes couvertes de bouses de vache. Envoyé.

Pour évacuer la tension, je ne peux que flâner autour des lacs ou suivre le courant de l'Inn. Je ne sais pas si cette rivière me plaît plus l'hiver, quand en émane une fumée sinistre, semblable à la vapeur sortant des bouches d'égout de New York, ou l'été quand les buissons mauves d'épilobe se dressent entre les cailloux blancs et lisses, au-dessus de l'eau bleu glacier. Ou après une pluie sableuse, quand elle ressemble au fleuve Jaune. J'ai grandi en la considérant comme un vulgaire ruisseau. Puis, un jour, j'ai découvert qu'en elle bouillonnait le cœur de l'Europe. « La force vive qui se jette dans le Danube », m'a expliqué papa. Ne jamais se fier aux apparences. Et il m'a appris que l'épilobe (« Les noms des choses sont faits pour être retenus, Giulia ») pousse en général dans les ruines, naît après les incendies, c'est la fleur des guerres, même si en la voyant ici personne ne pourrait le penser.

Quand les gens sont méchants je me dis qu'il existe le paysage : merci, Dieu. Ajouté aux favoris.

Certaines fois je pédale tellement et m'aventure si loin que j'ai l'impression d'approcher du col de la Maloja. Alors, je commence à rêver : je descends de lacet en lacet – toujours à vélo – et je continue – tiens bon, Giulia, tiens bon – jusqu'à dépasser les sombres lacs lombards avec leurs petites vagues funèbres – encore et encore – pour enfin respirer face à la mer.

Maman a toujours été contre les vacances à la mer. Pour elle, le sable qui colle aux mollets est insupportable, comme les rochers qui griffent les pieds. Et le sel. Le soleil qui brûle et cause des cancers de la peau. La chaleur, qui rend paresseux et distraits. Naturellement, ces derniers mois, papa est allé à la mer.

Tandis que je pédale le long du lac, je distingue clairement la silhouette de ma grand-mère. Elle a repris son bateau ? Je m'arrête, pour vérifier. C'est elle, aucun doute.

Elle s'apprête à accoster, je la vois lancer une corde sur le ponton. Ma mère et ma tante lui ont interdit de faire du bateau, en particulier toute seule. Elle a quatre-vingt-neuf ans, c'est dangereux. Si elle a un malaise au milieu du lac ? J'abandonne mon vélo et cours vers le ponton.

« Grand-mère, qu'est-ce que tu fais ? »

Et en courant je pense *mon Dieu je suis vraiment en train de devenir comme elles*. Une emmerdeuse. Pourtant je continue à courir, sans doute parce que j'ai peur d'arriver tard, quand les gens ont déjà disparu.

4

LUCREZIA

(La mère de)

Je t'en prie, Giulia, ne me fais pas la morale du haut de tes seize ans. C'est l'âge le plus arrogant, tu t'en apercevras dès que tu l'auras passé. Rends-toi plutôt utile et va chercher Siegmund qui doit m'aider à accrocher la corde de poupe. Le jeune homme blond là-bas. Merci, chérie. Non, trésor, je ne veux pas de ta main, j'arrive parfaitement à sauter sur le ponton toute seule. Tu vois ? Un saut de cabri, hop là. Maintenant, donne-moi le bras : comme ça, nous sommes plus proches. Je sais très bien que mes enfants s'inquiètent pour moi, mais je ne peux pas céder à ce chantage. Ils oublient sans doute que je ne me suis pas inquiétée pour eux quand ils ne voulaient pas que je le fasse. Où est la reconnaissance ? Et j'aimerais que ta mère évite de me donner des ordres. C'est clair, elle est envahissante. Quand elle allait à l'école maternelle, je construisais des gratte-ciel, je voudrais qu'elle s'en souvienne. Oui, je le vois, trésor. Elle t'étouffe toi aussi et tu n'imagines pas combien ça me désole. Je ne sais pas comment t'aider, Cristina ne laisse personne la remettre en question. Alors moi, sa belle-mère, tu penses. En tout cas, ce bateau m'appartient et je ne fais de mal à personne en l'utilisant. Passe-leur le message. Tout au plus je peux me faire du mal à moi-même, si en effet je suis victime d'un infarctus au milieu du lac de Sils. Mais franchement, je ne parviens pas à imaginer une plus belle mort. Cela n'arrivera pas, malheureusement, car nul n'a la mort qu'il désire. Je pourrais te corrompre en un rien de temps, ce serait très facile. En échange de ton silence, il me suffirait de t'offrir une recharge de crédit pour ton téléphone. Je me trompe ? Ne baisse pas les yeux, trésor, je connais déjà la réponse. Seulement je trouverais ça réducteur. Je préfère te faire un cadeau et rappeler à tout le monde que je suis majeure depuis belle lurette. Du reste, j'adore ce vieux rafiot. Il ne vaut rien : si je le vendais aujourd'hui, l'argent permettrait à peine d'aller dîner dans un restaurant de Saint-Moritz. Sauf que moi, je me moque des restaurants de Saint-Moritz, on mange très mal partout, je préfère de loin ma liberté. Je crois que la possibilité de s'échapper compte, même juste un instant. Pourvu qu'on puisse choisir la durée de l'instant en question. Oh, bien sûr. Je vois que nous nous comprenons au vol. Alors qu'importe si on me dit que je suis trop vieille pour conduire ma voiture ou faire un tour en bateau, on n'est jamais trop vieux pour sa propre indépendance. C'est elle qui maintient en vie, qu'est-ce que tu crois. Justement. Retiens ces paroles, trésor. Je tomberais malade si j'arrêtais de voyager, j'en suis sûre. À propos, pourquoi tu ne viendrais pas à Shanghai avec moi en septembre ? Mais on s'en moque du lycée, allons. Je dois construire un grand hôtel, tu m'aideras. Je te ferai voir les plans, ça va être du tonnerre. Les meilleures idées me viennent quand je suis en bateau. Je regarde le ciel et j'invente un plafond.

5

ADA

(L'ex-femme de)

14 août 2015

Ces montagnes m'ont vue vieillir, cela fait quarante ans qu'elles me regardent. Je suis venue ici avec Vittorio durant notre première année d'université et, depuis, je suis toujours revenue. Je me demande si elles se souviendront de moi quand je serai morte.

Je ne sais pas pourquoi, devant leur allure immuable, je suis prise d'une grande nostalgie. Non de quelque chose ou de quelqu'un en particulier, de ce que j'étais plutôt. Une nostalgie de moi-même à vingt, trente, quarante, cinquante ans. L'apparence physique ne compte pas et pour rien au monde je ne voudrais revenir en arrière – franchement, je me trouve mieux maintenant –, je suis simplement émue par l'idée que j'étais provisoire sans le savoir.

Naturellement, dans ces moments de mélancolie commence le comptage des morts qui sont encore vivants et des vivants que je considère morts. Tous ont emporté avec eux un bout de la femme que j'étais. À certains sont restés attachés mes vingt ans, à d'autres mes quarante, ça dépend. Moi, cependant, je ne suis pas avec eux, je suis ici.

De temps en temps, silencieusement, je les évoque – les

morts encore vivants et les vivants déjà morts –, certains me manquent beaucoup, d'autres moins, je les évoque juste pour comprendre *qui* de moi ils ont emporté.

Parfois je pense que ce ne sont pas mes amants qui me manquent, mais plutôt l'émotion que j'éprouvais avant de les retrouver. L'odeur du vernis à ongles que je mettais pour eux me manque, la lumière qui entrait par la fenêtre l'après-midi me manque, le parfum dont je me couvrais me manque, un parfum qu'on ne trouve plus à présent. La solitude de certaines promenades à travers la ville me manque, quand je rentrais chez moi à pied après un rendez-vous exaltant, amoureux ou de travail, quand au milieu de mille personnes j'étais convaincue d'être la seule à exister.

Au lieu de regarder le coucher de soleil, je devrais me préparer pour le dîner de ce soir. J'entends l'eau couler, la baignoire déborde peut-être. Toutefois je n'arrive pas à me détacher de la fenêtre, c'est plus fort que moi. Alors, j'appelle ma fille, je lui demande de vérifier, si elle veut bien. Je ne suis plus habituée à vivre avec quelqu'un, même juste pour quelques jours. Paoletta ne me répond pas, mais d'un coup le bruit cesse.

Je pense à l'amitié, qui coïncide toujours avec des époques de notre personnalité. Quand on est névrosé, on a besoin de gens névrosés. Quand on est équilibré, on cherche des gens équilibrés. Quand on est déprimé on est mieux avec ceux qui sont tristes et quand on est joyeux avec ceux qui sont pleins de vie. Et à la fin de ce ballet, seuls comptent les sentiments qui savent te traverser entièrement.

« L'eau va refroidir », me crie ma fille du salon. Elle a sans doute raison, mais je la laisse refroidir. C'est le sens du temps qui m'intéresse, maintenant. Et je le perçois fortement devant ce soleil couchant – encore quelques minutes, puis il fera nuit –, fin de l'épiphanie. Les personnes qui disparaissent ou qui reviennent le bouleversent, le temps. C'est sûrement l'explication.

« Maman, lance Paoletta toujours depuis le salon, n'oublie pas qu'on doit partir dans une demi-heure, il faut préparer le poulet. » Je souris. Cette obligation – urgente et contingente – m'attendrit un peu, me ramène aux choses concrètes. Le poulet, bien sûr. La fuite de Vittorio a eu une conséquence importante : elle m'a rapprochée de ma fille. Tellement qu'à présent je l'entends me parler de la pièce voisine. Une situation inimaginable il y a encore un an. « J'arrive », je réponds.

Et, tandis que le soleil s'enfouit définitivement dans la neige, je dresse un ultime bilan de mes parcours jusqu'ici – jusqu'à ce coucher de soleil sur la Margna. D'abord tu dois apprendre à plaire, puis tu dois apprendre à ne pas plaire – après seulement tu apprends à t'en moquer, mais il est déjà tard, tu as fait un paquet d'efforts pour rien. Entretemps, tu as perdu de vue les choses vraiment importantes. Comme ta fille.

Sa voix qui me parvient du salon me semble un miracle. « Le poulet, maman. » Nous n'avions pas parlé d'un poulet depuis des siècles. Ce sont précisément les sujets les plus normaux qui me touchent, c'est là que se joue la vie. Je pensais avoir perdu la possibilité de les partager avec elle, en fait non. J'ai été graciée. « J'arrive, dis-je, j'arrive. »

6

CRISTINA

(La femme de)

Depuis que son absence a été déclarée – *Vittorio n'est pas là ! Il n'est pas là !* – non seulement nous avons cessé d'attendre, mais aussi de nous disputer. Au fond, l'attente était plus pesante au cours des étés précédents. Toute la tension se trouvait apparemment concentrée autour de l'arrivée de Vittorio – qui était toujours différée, avec une excuse ou une autre. À présent, nous semblons libérées de toute expectative, moins dépendantes tant du passé que du futur. Nous sommes même capables de profiter d'une journée.

Comme souvent, les élans ont quelque chose de maladroit, l'exagération est invétérée. Tout à coup, aucune de nous ne fait un pas sans que les autres suivent. Mais le plus indécent, c'est le naturel avec lequel nous sommes devenues inséparables. Comme si nous avions été à l'école ensemble. Lorsqu'une connaissance tente de nous rappeler les conflits passés, à travers une plaisanterie mondaine par exemple, nous nous vexons. Nous préférons les évoquer en privé, ces conflits, à porte close.

Maintenant les promenades se décident ensemble le matin, au petit-déjeuner. Tandis que je mets sur la table le lait de soja et le yaourt, Ada passe à Francesca la confiture de myrtilles maison, Paoletta fait griller le pain noir aux céréales et ma fille prépare le café pour tout le monde, collée à la machine Nespresso (« Je m'en fous si les capsules ne sont pas recyclables. Merde ») ; nous parvenons à choisir démocratiquement une destination – « Qui vote pour la vallée de Fex ? » – et même à l'atteindre.

Sur le sentier des Contes, dans le val Bever, je remarque que c'est souvent nous qui faisons l'histoire. Les gens mesquins ricanent en nous voyant passer telle une cordée. Peu importe. Nous avons traversé bien d'autres ombres.

Désormais, nous sommes capables de rester ensemble sans nous disputer pendant deux heures et demie. L'autre jour, nous sommes arrivées jusqu'au val Roseg sans heurt. Même si au retour Ada ne voulait pas être dans la calèche de Chicca parce qu'elle ne la supportait plus.

Quand on lit les récits d'expéditions en montagne, on comprend que la vraie difficulté n'est pas d'arriver au sommet. C'est de redescendre. C'est en redescendant de l'Everest ou du K2 que les alpinistes meurent, presque jamais en les escaladant. Peut-être que nous sommes en train d'apprendre à redescendre de ce sommet un peu trop imaginaire que nous avons appelé Vittorio (huit mille huit cent quarante-huit mètres, dans notre esprit).

Seulement ça, les gens qui nous voient revenir de la Fuorcla Surlej pour atteindre le bleu trouble du glacier Roseg ne peuvent pas le comprendre. Ce n'est rien à côté du chemin parcouru pour nous éloigner de notre vie précédente. Ceux qui nous croisent à vélo à l'ombre d'un sapin quelconque – dégoulinantes, harassées, exténuées –, fermement décidées à relier S-chanf à Zernez au risque de cracher nos poumons sur le bitume, ne peuvent le comprendre. Au fond, ce sont des promenades.

Désormais, nous refusons aussi les invitations. Un peu parce que nous n'avons pas envie d'être la risée de toute la vallée, un peu parce que nous nous amusons davantage entre nous. En général, le soir, elles viennent toutes chez moi. Francesca n'aime pas salir sa cuisinière, Ada et Paoletta n'ont qu'une kitchenette et Lucrezia ne veut pas nous avoir dans ses pattes. Moi, j'ai abattu une cloison pour faire une immense cuisine ouverte avec un îlot central, et autour de la table engadinoise nous tenons toutes. Par moments, quelqu'un se souvient de la septième – Mon Dieu, et Camilla ? – mais ce sont de brèves envolées, vite enjambées par des urgences majeures, comme un saumon dans le four.

Le soir du 15 août nous nous donnons rendez-vous à 7 heures pour prendre l'apéritif et préparer le dîner.

« Le secret de mes lentilles, c'est le céleri », dit Ada en émincant une branche avec un grand couteau.

Chicca, pendant ce temps, badigeonne le poulet avec un brin de romarin trempé dans l'huile d'olive. « J'ai fait mariner les cuisses dans du yaourt toute la nuit, vous allez voir comme elles sont tendres. »

« Vous êtes *flippantes* », commente Giulia affalée sur le canapé en calant ses écouteurs dans ses oreilles.

Paoletta sert le vin. La contrebandière qui a apporté huit caisses de pinot noir cachées sous un édredon bleu, évidemment, c'est ma belle-mère. Elle va aux champignons durant les dix jours où il est interdit de les ramasser, et cache des cèpes magnifiques dans sa veste ou dans son chapeau à plume de faisan. « Personne ne contrôlerait une dame respectable de quatre-vingt-dix ans », soutient-elle. Elle défie les douaniers de la même manière : elle a toujours dans son coffre quelques dizaines de bouteilles de vin en plus des trois litres autorisés, et elle sourit. Si, par hasard, elle doit s'arrêter, elle affirme qu'elle n'a rien à déclarer avec une telle grâce que personne n'ose vérifier.

Je finis de mettre le couvert, puis prends mon téléphone

pour lire mes mails. J'espère secrètement en avoir un de Carlo, il ne se manifeste plus depuis des mois.

« Cris, qu'est-ce qui se passe ? »

Je suis probablement pâle. Ai-je le visage crispé de quelqu'un qui vient de recevoir une mauvaise nouvelle ? Elles ont toutes levé la tête d'un coup et me fixent.

« Il m'a écrit », je réponds en tendant les muscles du cou. Mes lèvres couvrent mes dents et ma bouche disparaît, aspirée par l'angoisse.

« Mais qui ?

— Vittorio. »

Je baisse les yeux. Les autres sont en apnée. Elles attendent la suite.

« Il reviendra à la Saint-Ambroise, dis-je, pour l'anniversaire de Giulia. »

Giulia n'a pas entendu la nouvelle, alors je lui arrache ses écouteurs des oreilles.

« Tu as entendu ? *Ton* père revient pour *ton* anniversaire », je répète d'un ton presque accusateur.

Giulia lève les mains comme devant la police.

« C'est pas *ma faute*. Je te jure que j'y suis pour rien ! Je ne savais pas... »

Chicca secoue doucement la tête : « Et maintenant qu'est-ce qu'on lui dit ?

— En théorie, ce serait à lui de nous dire quelque chose », commente Ada en dessinant trois rides sur son front d'un haussement de sourcils.

Ma belle-mère approuve : « Je ne sais pas comment vous allez faire pour lui expliquer que vous vous entendez à merveille. »

Durant le dîner nous ne parlons que de ça. Je dois dominer mon angoisse, alors je commence à réfléchir au repas d'anniversaire de ma fille.

« Je peux faire mon pesto de roquette avec ma salade d'orange, fenouil et câpres, dis-je. Ou mon risotto à la trévise. Celui que tu aimes tant, Giulia.

— Putain, Cris, mais tu es malade, m'interrompt Paoletta. L'anniversaire de Giulia est dans quatre mois. Papa revient, et tu penses au menu ?

— Il faut le fêter comme toutes les autres années », je réponds.

Paoletta tape du poing sur la table.

« Je n'ai pas l'intention de faire semblant cette fois encore. Les programmes peuvent changer parfois, tu sais ? Ta manie de faire comme si de rien n'était est pathologique. N'est-ce pas, Chicca ? Comment s'appelle cette pathologie ?

— Calme-toi Paoletta, intervient Ada. Il ne s'est rien passé.

— Rien ? »

Paoletta cherche le regard de Giulia, mais sa sœur ne suit pas. Elle a ses écouteurs dans les oreilles et la tête penchée sur l'écran de son téléphone. Alors elle pose les yeux sur sa grand-mère pour l'interpeller.

« Si la réunion familiale doit se transformer en procès, Vittorio va fuir à nouveau », dit Lucrezia.

Elle a profité de la discussion pour finir la salade de pommes de terre et le fond de rouge dans la bouteille. Quand nous lui demandons ce qu'elle pense faire à la Saint-Ambroise, elle répond qu'elle sera à la montagne, naturellement. C'est le début de la saison. Elle ne nous a sans doute pas entendues dire que son fils reviendrait ce jour-là.

Entre-temps Chicca a déjà perdu la tête, elle évoque un check-up complètement hors de propos.

« Quel rapport ! clamons-nous.

— Giulia ? Retire ces écouteurs de tes oreilles », j'ordonne.

Giulia, qui n'a pas suivi la conversation parce qu'elle tchattait avec une amie, lève le visage et sourit.

« Papa va me rapporter un cadeau merveilleux, dit-elle, je le sens. »

Vers minuit, Ada et moi nous retrouvons seules. Giulia est sortie en discothèque avec ses amies et les autres sont couchées. Je nettoie la cuisinière avec un produit au savon de Marseille et Ada gratte avec l'éponge le fond d'un plat en pyrex. Nous sommes unies comme peuvent se sentir deux femmes non aimées par le même homme.

« Et il n'a pas donné d'explications ?

— Rien. »

Je hausse les épaules. Sous le coup d'une association d'idées, Ada colle une main sur sa bouche : « Mince, Camilla ! On l'a encore oubliée ! *La pauvre.* »

Elle renverse le cou en arrière et baisse sa lèvre inférieure, découvrant ses incisives et sa gencive.

« Tant pis, on l'informera demain. Je dois aussi appeler Cardini. Il est tellement affectueux. Aujourd'hui il nous a souhaité une bonne fête du 15 août.

— Tu es inquiète ? »

Je secoue la tête.

« Non. »

Je suis sincère. Tout ce qui m'importe, c'est qu'il ne reste aucune tache de gras sur les plaques de cuisson. Les choses doivent être à leur place, c'est leur fonction. Inutile de les posséder si tu ne peux pas les dominer complètement. Les personnes peuvent faire ce qu'elles veulent, les choses non. Même pas la peine d'essayer.

« J'aimerais tant savoir où il est allé, dit Ada. Je peux relire le mail ? Il y a sans doute des indices…

— Quels indices. »

Je lui tends mon téléphone, mais Ada me le rend tout de suite.

« Tu as reçu un message. Pardon, je ne voulais pas être indiscrète. »

Mon Dieu, c'est Carlo. Ce soir on aura tout eu. Je suis plus touchée par ses trois mots que par le mail de Vittorio et, l'espace d'un instant, j'ai honte.

« C'est rien, du boulot », je bredouille.

Ada éclate de rire.

« À cette heure-ci. »

Je ne l'écoute pas. Je lis et relis ces mots, la tête penchée sur l'écran qui illumine mon visage telle une chandelle de Georges de La Tour. Je crois qu'Ada m'observe avec tendresse.

« Tu ne veux pas me raconter ? »

Je remonte les épaules y noyant mon cou, un peu perdue. Je suis juste capable d'enfoncer mes incisives dans ma lèvre.

« Mais ce n'est rien, il m'avait quittée lui aussi », je réponds en riant la première. Comme ça, personne ne pourra rire de moi.

Ada me fait une caresse, pose sa main chaude sur ma joue : « Chérie, tu es une catastrophe. Tu les fais tous fuir. »

Je meurs d'envie d'une cigarette. Je n'ai pas fumé depuis seize ans et soudain je ne tiens plus. J'en attrape une dans le paquet d'Ada et la glisse dans ma bouche.

« Je peux ? »

En aspirant, je fixe le mur face à moi sur lequel est accrochée la photo de trois skieurs au début du vingtième siècle.

« Elle est de travers, dis-je.

— Quoi ?

— Cette photo est de travers. Tu pourrais la redresser s'il te plaît ? Tu es plus proche, tu n'as qu'à tendre le bras.

— Moi, je n'aime pas redresser les choses. Là-dessus, je ne te suivrai jamais. »

Alors je me lève, m'approche du cadre et donne un petit coup sur la droite avec mon index.

« Tu te sens mieux maintenant ?

— Oui, je redresse ce que je peux, comme tout le monde.

— Tu le redresseras lui aussi, quand il rentrera ? »

Je tousse, je ne suis plus habituée à fumer.

« Il a juste dit qu'il rentrait pour la Saint-Ambroise. Il n'a pas dit qu'il rentrait chez moi. »

Ada acquiesce d'un signe de tête.

« Tu sais, lorsqu'il a disparu il y a seize ans », murmure-t-elle d'un ton de conteuse – *Il était une fois un mari* –, un ton très doux, « lorsqu'il a disparu parce qu'il n'avait pas le courage de m'avouer que tu attendais Giulia, *mon mari*... »

Je la regarde.

« *Ton mari*, je voulais dire », elle se corrige tout de suite.

J'éclate de rire.

« Si Vittorio nous voyait ce soir », je ris de plus belle, « il se moquerait bien de nous. »

Je la serre dans mes bras. Le moment est sans doute venu d'aller dormir. Encore une fois, la journée a été éprouvante. Dès qu'Ada ferme la porte, je me remets à nettoyer. Je passe à l'évier, je veux qu'il brille. Les choses doivent remplir leur devoir de choses : elles doivent être à leur place, et nous rassurer.

7

CAMILLA

(La maîtresse de)

Tu as décidé de passer le mois d'août chez tes parents, d'abord parce que tu ne les vois jamais et ensuite parce que le village où tu es née se trouve à une heure de Milan, ainsi, si tu en as marre, tu peux rentrer facilement. Mais tu regrettes déjà ce choix.

Durant tout ton séjour, tu ne cesses d'imaginer l'Engadine, un endroit merveilleux où personne ne t'a invitée. Camilla par-ci, Camilla par-là, mille promesses, et finalement pas de vacances à Paris, ni même de week-end à la montagne.

Autour de toi, il n'y a pas de prairies infinies, ces grandes étendues vertes sont des rizières, sur lesquelles on ne peut évidemment pas se promener. Et les miroirs d'eau ne sont pas les lacs de Nietzsche, mais des rectangles marécageux, délimités par des rangées de peupliers qui n'ont rien à voir avec les forêts de sapins. En plus, tu es dévorée par les moustiques. La chaleur humide étouffe ta peau qui devient collante et rougie par les piqûres. Tu ne passes pas ton temps à mettre de la crème solaire, mais de l'Insect Écran.

Tu maudis le moment où tu as refusé une croisière en voilier, uniquement parce que le garçon qui t'a invitée ne te plaisait pas. À l'heure qu'il est, tu serais en Corse. L'idée de partager une cabine avec lui te rebutait, et maintenant tu te retrouves à partager une chambre avec ton frère, qui a quinze ans et passe la nuit à se branler. Tu te réveilles en entendant son lit grincer. Dégueulasse. « Va aux toilettes au moins, espèce de porc. » Il grogne et continue, imperturbable. Puis, le matin, il te passe les biscuits sans s'être lavé les mains.

De toute façon, tu ne peux pas dormir avec ta sœur, car depuis un an elle a ramené son fiancé à la maison. Ils vivent avec tes parents, ton frère et ton grand-père. Tous ensemble. Tu trouves ça terrifiant, tu ne le ferais jamais. Mais ta sœur est très différente de toi.

Quand elle a eu dix-huit ans et qu'elle a fini le lycée, elle a décidé de commencer à travailler. L'université ne l'intéressait pas. Alors ton père qui a payé tes études, pour être juste, l'a aidée à ouvrir son commerce. Et, à présent, ta sœur est traiteur, avec son fiancé qui la suit comme une ombre. Elle cuisine des choses horribles, mais apparemment elle arrive à les vendre quand même : des salades de fruits de mer acides, avec du poulpe, des calamars et des crevettes surgelés, des lasagnes qui baignent dans la graisse et semblent préparées avec de la pâtée pour chien, des essais de couscous gluant, des pommes de terre au four humides qu'il faut mâcher pendant des heures comme un chewing-gum, des rôtis pleins de nerfs affadis par des sauces au lait douceâtres. Pourtant les gens y vont. Et ils paient pour manger ces saloperies.

Ton père est presque plus fier d'elle que de toi, ce qui te rend folle de rage. « Sabrina a *un vrai travail*, dit-il, tandis que toi, on ne sait jamais où tu seras demain. » La comparaison ne s'arrête pas là. « Et puis Sabrina a trouvé un brave garçon, qui m'aide aussi. » Pas seulement à la quincaillerie. Souvent le soir, après le dîner, le fiancé de ta sœur accompagne ton père faire des petits travaux au noir chez ses clients. « Je lui apprends à devenir un bon plombier, t'explique-t-il, comme ça il peut mettre quelques sous de côté. » Tu déglutis. Plutôt te pendre que de mener une vie pareille. Tu t'efforces toutefois d'être gentille. « Je suis tellement contente pour eux. »

Au bout de quinze jours, agacée par ton frère qui passe ses vacances au sous-sol à jouer sur son ordinateur – selon ta mère qui ne soupçonne pas sa dépendance à YouPorn –, tu migres dans la chambre de ton grand-père, qui est adorable mais qui ronfle et pète toute la nuit.

Désespérée, vers 3 heures du matin, tu te traînes jusqu'à un transat sous la véranda. Tu es prête à te faire saigner par les moustiques. Ils te piquent, tu te grattes, tu transpires en fixant l'air immobile, et tu décides que ta relation avec les femmes de Vittorio doit cesser aussi. Trop de promesses non tenues, elles sont pires que lui. Lui qui, entre parenthèses, a annoncé son retour à tout le monde sauf à toi. Pour la Saint-Ambroise, paraît-il. Paoletta t'a avertie par SMS, les autres avaient oublié. Seul Cardini a eu la délicatesse de te téléphoner.

Alors que tu sens un pincement de rage ou d'humiliation au niveau du cœur, apparaît ta mère, qui a le sommeil léger et t'a entendue t'agiter là dehors. Ta mère est femme au foyer, elle dit toujours qu'à la maternité ils ont dû s'embrouiller avec les nouveau-nés parce qu'une fille aussi farfelue ne peut pas être la sienne. Cependant c'est la seule avec qui tu peux parler. D'ailleurs, tu parles. Tu parles enfin. Pendant une heure. Après deux semaines de silence, ou plutôt un an de silence – parce que quand tu appelles tu ne racontes jamais rien –, tu es une rivière en crue, la Sesia en automne, tes digues cèdent. Elle t'écoute, patiente. Elle ne bronche pas même si tu allumes une cigarette après l'autre, les mains tremblantes. Elle reste là, immobile, comme certains rochers noirs dans les rapides.

Elle veut savoir comment tu vis ? Alors elle doit comprendre *où* tu vis. « Milan est toujours en réunion, maman. À Milan, il suffit d'être à deux pour se considérer en réunion. Si, par exemple, on prend un café ensemble, toi et moi, et que quelqu'un te téléphone, tu peux dire Désolée je suis en réunion. Même maintenant, si on veut, on est en réunion », expliques-tu. Tu la regardes. Sur le visage de ta mère, pas un muscle ne bouge.

« Milan est une ville pleine de femmes seules, tu continues. Elle est sans doute aussi pleine d'hommes seuls, qui sait, mais la solitude des femmes est plus évidente. » Ta mère est toujours immobile. Elle essaie peut-être de comprendre, elle ne veut peut-être pas juger.

« On s'aperçoit qu'on est devenu milanais quand Milan nous semble belle. Seuls les Milanais trouvent que Milan est belle. » Toi, par exemple, tu es fascinée par la beauté du coucher de soleil sur les vitres des gratte-ciel, jusqu'à l'émotion. Ta mère ne réagit pas.

Tu commences à t'agiter. « Sais-tu ce que je fais ? Te l'es-tu déjà demandé, maman ? Peu importe, je vais te le raconter. » Et tu lui racontes que tu travailles dix heures par jour, quand tout va bien. Sans compter les week-ends et les soirées immolés aux auteurs, aux festivals, aux salons ou aux présentations. Ton métier a un nom élégant : attachée de presse. Bonjour, Camilla Tabellini, attachée de presse. Mais, en une seconde, tu peux n'être plus que la suivante d'une vieille écrivaine qu'il faut accompagner aux toilettes. Des compétences en menuiserie sont également requises lorsqu'un des auteurs les plus importants de ta maison d'édition déclare qu'il n'arrive à écrire que sur des surfaces carrées, pas sur une table ronde. Il te demande de la scier ? Tu ne dois jamais exclure les tâches humbles, en particulier si une auteure soutient que la chambre d'un cinq étoiles pue. Tu as deux possibilités : la nettoyer ou courir dans un supermarché pour acheter un désodorisant. Et, si au dîner que tu t'es donné tant de mal à organiser, le critique te met une main au cul, la romancière s'enivre et insulte le journaliste invité pour elle, tu n'as plus qu'à regretter l'auteur de polars japonais qui te demandait de chanter avec lui dans un bar karaoké. « Pourtant ce travail me plaisait, maman. Et je l'ai perdu. À cause d'un écrivain plus capricieux que les autres. »

Tu étais amoureuse, hélas. Et tu espérais qu'il quitterait toutes ses femmes pour toi. Sauf qu'il ne l'a pas fait. Enfin, il l'a fait, il les a abandonnées, mais il t'a abandonnée avec elles.

Le problème, c'est que tu es toujours un peu à côté de toi-même : un peu plus haut, un peu plus bas, en tout cas à côté. Et de là, tu te regardes vivre. Plus précisément tu rêves de vivre. Désormais, tu n'arrives plus à parler de toi à la première personne, la deuxième te paraît plus adaptée. Sans doute parce qu'elle décale le point de vue et rend mieux l'idée d'une projection.

Lorsque tu as fini de raconter, tu respires un grand coup, comme après une course. Maintenant, tu es un haut-fond de la Sesia, où même les galets semblent s'évaporer, lisses et luisants, dans le grand vide de la rivière. Ta mère n'ouvre pas la bouche. Tu attends. Elle va bien te dire quelque chose, tu viens de déballer tous tes problèmes. Elle se rend compte de ton attente. Tu le vois parce qu'elle s'agite sur sa chaise de camping (tu détestes tant cette véranda aménagée avec des meubles de camping). Elle soupire, faisant mine de te répondre, mais aucun son ne sort. Alors, elle se lève et met sur ses épaules son peignoir à fleurs acheté au marché (tu détestes tant ces vêtements de retraitée qu'elle trouve au marché et qui la font sembler beaucoup plus vieille). « Si tu veux, je te réchauffe un peu de riz, dit-elle. Tu n'as rien mangé au dîner, évidemment que tu ne dors pas. »

Tu éclates en sanglots. Tu te moques de savoir pourquoi tu pleures. Si c'est parce que la seule chose que ta mère a été capable de te répondre concerne le riz, parce que ta sœur vit de cette manière, parce que ton frère se tripote même quand tu dors avec lui ou parce que ton grand-père pète à tout va et que ton père est fier de travailler au noir. Ou parce que personne ne vient te chercher pour t'emmener loin, comme tu l'espérais. Peu importe : à cet instant seuls tes pleurs comptent.

Tu as peut-être la nostalgie de Milan. La nostalgie d'une ville qui n'est sans doute pas celle dont tu rêvais, mais qui te manque malgré tout. Si Milan pense que tu baisses les armes, elle se trompe. Tu prends juste ton temps. Un temps que, quand tu seras plus forte, Milan ne t'accordera pas. Ainsi, la ville t'achète : ta vie contre la sienne. Et tu veux la lui donner, à Milan, ta vie, bien sûr que tu veux la lui donner. Tu n'attends que ça. Un jour, tu seras tellement dedans que tu n'auras même pas les minutes disponibles pour exulter, et Milan ne se demandera jamais pourquoi.

V

SAINT-AMBROISE

(VITTORIO ?)

Je descends du train et lève les yeux. Les voûtes transparentes de la gare Centrale m'émeuvent un peu, mais c'est juste le souvenir de trop de départs et trop de retours. Je me sens proche de la saleté qui les voile. Heureusement, elles n'ont pas été excessivement nettoyées pour l'Expo. Ce sont des vitres qui portent sur elles une histoire polluée – de fatigue, d'espérance et de smog –, des courbes qui ont supporté toxines et adrénaline, qui n'ont rien à voir avec les ellipses impeccables du quartier CityLife ou avec Porta Nuova et ses arrogantes vitrines de la civilisation.

Milan tout entière est passée par là, sous cette nef, peu importe sa destination. Cette saleté la raconte un peu comme elle ne voudrait pas être racontée, elle si prompte à se débarrasser tant des gloires que des humiliations, courant toujours vers le futur – pas de temps à perdre –, amoureuse transie du présent. Elle ne s'aperçoit pas que chacun de ses mouvements est gouverné par de vieilles légendes – Le progrès ! La volonté ! L'intelligence ! –, et pour atteindre son cœur il faut encore affronter le regard de Pégase, qui nous observe depuis la façade.

Je me dirige un peu automatiquement vers la station de taxis. Puis non, je décide que non. Au fond, je n'appartiens plus à la précipitation de cette ville. Je peux bien me rendre à pied à mon rendez-vous, il n'y a de toute façon plus de retard possible. J'ai joué avec la ponctualité, j'ai joué avec le temps : un jeu irréversible.

C'est sans doute cela qu'elles ne me pardonneront pas. Tu n'as pas été ponctuel, me diront-elles. Néanmoins, je marche calmement. Mon pas a changé désormais. Et puis je sens que j'ai bien d'autres choses à me faire pardonner. Je sais que les mots justes seraient ceux qu'on lit dans les dernières lignes d'*Alexis* : « Je vous demande pardon, le plus humblement possible, non pas de vous quitter, mais d'être resté si longtemps. » Mais elles ne voudront pas écouter Marguerite Yourcenar, elles voudront m'écouter moi.

Je me limiterai peut-être à dire qu'il y avait beaucoup de circulation. Comme ça, pour réchauffer l'atmosphère avec une phrase banale, une phrase normale. Au fond, c'est plus facile d'imaginer la circulation que le pas d'un homme qui a changé.

Je me demande comment elles s'attendent à être saluées. Le jour de la Saint-Ambroise c'est l'anniversaire de Giulia, c'est logique que j'embrasse d'abord ma fille, pour lui présenter mes vœux. Mais les autres penseraient tout de suite : *Voilà, il n'est rentré que pour elle.* Ce serait sans doute mieux d'éviter toute hiérarchie, et de les embrasser comme elles viennent. Mais m'embrasseront-elles ?

Cristina certainement pas, elle pourrait me gifler par exemple. Elle a l'air comme ça, presque trop mesurée, mais quand on la connaît bien on sait qu'elle a un fond violent. C'est surtout à elle que je devrai donner une explication, je crois. Mais que lui dire ? *Excuse-moi, je suis tombé amoureux d'un Hollandais chauve qui porte des tongs.* J'aimerais bien mais, très probablement, il serait préférable, pour commencer, d'utiliser le pluriel, pour qu'aucune ne se sente exclue, en disant juste *Excusez-moi.* Même si c'est la seule chose que j'aie déjà dite.

Du reste, cette histoire de tongs, elles ne peuvent pas la comprendre. C'est une sorte de jeu de langage. Ça vient du fait que Pieter, quand j'ai fui la maison, me disait "Préviens-les au moins". Et moi, pour fuir également cette pensée, je répondais : Comment pourrais-je leur expliquer que je suis tombé amoureux d'un Hollandais chauve qui porte des tongs ? Depuis, chaque fois que nous ne savions pas comment résoudre un problème, nous disions : Pardon, je suis tombé amoureux d'un Hollandais chauve qui porte des tongs. Et nous éclations de rire. C'était un code qui servait à dédramatiser n'importe quelle situation.

Se promener en tongs est une caractéristique de Pieter. Certains hommes s'identifient aux chaussures fermées, d'autres aux chaussures ouvertes. Il y a une vraie différence anthropologique. J'ai toujours aimé sa manière tranquille de traîner le pas qui, en général, correspond au calme des endroits chauds dont les pieds prennent possession en premier. Pieter n'est pas un Nordique comme les autres. Il est prêt à vivre n'importe où, pourvu qu'il fasse trente degrés. C'est quelqu'un qui a supporté le froid humide de Milan (donc la possibilité de traîner les pieds limitée au seul périmètre de son appartement) uniquement par amour.

Parfois, il m'arrivait de remarquer avec curiosité la différence entre le pas tranquille de Pieter et leurs *tic-tic* à elles : sans cesse en train de monter et descendre, d'aller et venir perchées sur leurs talons. Presque un bruit d'horloge. Le pas de Pieter ignorait le temps, celui de mes femmes, en revanche, était un empressement à le scander, le nommer et le remplir. Coûte que coûte.

Puis, un jour, ce temps que je laissais glisser ainsi, comme s'il était illimité – mon temps et celui de Pieter –, a réclamé son terme. Il l'a fait d'une manière un peu retentissante, toutes sirènes hurlantes, avec la voix d'une ambulance roulant dans la nuit à travers les rues désertes de la ville.

Il en restait sans doute peu. Du temps décent, j'entends. Et *le temps décent* n'est pas un temps quelconque. C'est une sous-catégorie qui surgit, envahissante et spontanée, quand un être humain est confronté à la vieillesse ou à la maladie.

J'aimerais mourir au chaud, m'a-t-il confié un soir. Ne dis pas de conneries, lui ai-je répondu. Mais j'ai commencé à réfléchir très sérieusement à son désir.

Quand Pieter était à l'hôpital, j'allais le voir tous les jours. Mais la difficulté ce n'était pas ça. La difficulté, c'était de mentir quotidiennement à ma femme et d'inventer chaque fois une nouvelle excuse. L'imagination des gens est limitée, alors comment faire.

Certains jours, submergé par une sorte de déni bien plus puissant que celui qu'on peut éprouver devant une page de roman, qu'au fond il suffit d'abandonner – une personne hospitalisée, non –, certains jours je me sentais humilié par mes propres mensonges. Si une page ne te satisfait pas, tu la jettes. Où est le problème. Un mensonge, par contre, tu ne peux plus le changer. Si un mauvais mensonge t'échappe, tu le gardes. Et tu devras l'assumer sans fin, parce que sans fin il reviendra dans ta vie, une fois prononcé.

Comme quand je me suis retrouvé à lire dans le tram un roman chinois de sept cents pages juste parce que, avec trop de légèreté, j'avais dit à Cristina Salut, je vais chez Cucchi prendre l'apéritif avec un sinologue. Ça l'avait intriguée plus que prévu, hélas. Elle n'arrêtait pas de l'évoquer, ce sinologue que malencontreusement je m'étais inventé. Fais-toi conseiller des livres, me disait-elle. Pourquoi étais-je allé chercher précisément un sinologue ? En outre, j'ai toujours été ignorant en littérature chinoise. Au dîner, Cristina me demanderait sûrement un compte rendu de la conversation, donc sur le trajet de la maison à l'hôpital il ne me restait plus qu'à étudier.

Au bout d'un moment cependant – toujours sur le trajet de la maison à hôpital, le roman chinois en main –, j'ai décroché et j'ai posé ma tempe contre la vitre. J'ai souvent tendance à réfléchir sur mes excès – que de mensonges, Vittorio ! – et jamais sur ce qui me manque. Je me suis rendu compte que ce qui me manquait était de prendre le tram comme n'importe quel homme qui va à l'hôpital voir une personne qu'il aime, et qui n'a vraiment pas envie de lire quoi que ce soit, parce qu'il est concentré sur la personne qu'il va voir, parce qu'il doit préserver son imagination pour mentir au malade. Des gens préoccupés par des mensonges d'une autre ampleur – Ne t'inquiète pas, nous irons, nous ferons, dès que ça ira mieux –, non par de vulgaires excuses à l'usage d'une femme trompée. Je n'en pouvais plus.

J'ai volontairement laissé le roman sur le siège, je suis descendu à la station, je suis entré dans l'hôpital, j'ai rejoint le service où Pieter était soigné, je me suis assis à côté de son lit, j'ai pris sa main et lui ai dit : Nous irons au chaud, dès que ça ira mieux.

Cet après-midi, dans ce tram, à cause d'un sinologue qui n'a jamais existé, je me suis rendu compte qu'une double vie est une vie à moitié.

Pendant plusieurs années j'ai séparé les choses. D'un côté, il y avait les femmes – les femmes que j'aimais. Et, de l'autre, les garçons – les garçons que je désirais. Il me semblait impossible d'inverser les choses et, en effet, je ne les ai jamais inversées. Mais, ensuite, Pieter est arrivé, et il n'était ni une femme ni un garçon. Cela créait un peu de confusion. Alors je cherchais à mettre de l'ordre ailleurs, par exemple dans les bibliothèques, les armoires ou les tiroirs. Comme tu es devenu ordonné, me disait Ada (j'étais encore marié avec elle).

Le problème n'était pas seulement que je désirais Pieter comme on désire un garçon alors que c'était un homme de trente-cinq ans (sans doute parce que quand nous faisions l'amour il me racontait plein d'histoires à l'oreille, toujours différentes, et tous les garçons du monde étaient avec nous – il était tous les garçons du monde). Ce qui me troublait vraiment c'était qu'avec Pieter je pouvais aller dîner dehors et parler de littérature toute la soirée, exactement comme avec Ada.

Je l'ai rencontré précisément grâce aux livres, car il était mon traducteur. Au début, il m'écrivait de longs mails pleins de questions. Souvent, il trouvait des erreurs que personne n'avait vues : À la page 143, tu décris une chute de neige mais, plus loin, dans le même chapitre – page 151, troisième ligne en partant du haut – tu dis que c'est le mois de mai. C'est *volontaire* ? Volontaire que dalle, riais-je. Mais lui, toujours très respectueux des choix des autres, voulait que je sois vraiment sûr : Alors, dans l'édition hollandaise, je corrige ? Et moi : Corrige, bien sûr, corrige. Lui : Quel mois on choisit ? Décembre, janvier ou février ? Et moi : Le mois que tu préfères. Lui : Oh, aucun de ceux-là, je déteste le froid.

Je l'ai rencontré en personne seulement deux ans plus tard, au printemps 1997, à la London Book Fair. Il avait un visage sympathique, il m'a tout de suite plu, mais j'étais loin d'imaginer que nous finirions au lit ensemble. Je n'avais pas compris qu'il était homosexuel. On dit que les gays se reconnaissent mutuellement même de loin, mais je n'ai jamais eu ce don. Au contraire, j'étais convaincu qu'il avait une femme et je l'imaginais blonde avec une belle paire de seins. Sans doute parce qu'il parlait toujours d'une certaine Marjolein, je n'ai compris qu'à la fin de la semaine qu'elle était son associée et qu'ils traduisaient ensemble des romans policiers. Le dérapage s'est produit le dernier soir.

J'étais fatigué par le salon, les présentations et les tables rondes, les dîners, fatigué de discuter avec des gens dont je n'avais rien à faire. Mes plus chers amis, ceux que j'avais envie de voir, étaient tous partis. J'étais resté là à cause d'une lecture collective programmée juste avant la fermeture. Quand Pieter m'a demandé si par hasard j'étais seul et si j'avais envie de manger un morceau avec lui dans un restaurant indien, naturellement j'étais ravi. Mon enthousiasme pour cette invitation était tellement innocent que j'ai commandé des naans à l'ail.

Le lendemain matin j'étais très perturbé. J'étais embarrassé aussi d'un point de vue professionnel, cet accident – je considérais cela comme *un accident* – me mettait mal à l'aise. Par chance, j'avais un avion tôt et il était normal que je file sans prendre le petit-déjeuner. En revanche, Pieter avait commandé des œufs au bacon et une corbeille de croissants. Quand je l'ai salué, il étalait tranquillement de la confiture de framboises sur une tranche de pain noir. Il ne s'est même pas levé parce qu'il avait son plateau sur les genoux. Il était si calme que je me suis agité encore plus.

Durant presque un an je l'ai évité, et je l'ai fait si bien, avec tant d'application, si intensément, que j'ai mis Cristina enceinte.

Je tourne à gauche car j'ai envie de faire un petit bout de chemin au milieu de la verdure, en traversant les jardins Montanelli. Je déboucherai face aux arcades de la via

Manzoni, ça ne rallonge pas beaucoup. La promenade sera plus belle. Et puis j'aime bien fouler le gravier, son crépitement amical me met de bonne humeur.

Cette manie de mettre de l'ordre dans les bibliothèques, dans les armoires ou les tiroirs quand je ne peux pas le faire dans ma vie est revenue avec force l'an dernier, dès que Pieter a été hospitalisé. Comme tu es devenu ordonné, me disait Cristina. Et elle le disait avec admiration, car pour elle le rangement est une philosophie, presque une religion.

Un jour, ne sachant plus comment réorganiser les choses pour éviter de me réorganiser moi-même – les romans étaient rangés par ordre alphabétique, les chaussettes triées par couleur, j'étais allé jusqu'à jeter tous les médicaments périmés –, j'ai commencé à ranger la chambre de Giulia, foutoir perpétuel. Ainsi je me suis aperçu que ma fille avait grandi : c'était la chambre d'une femme. Mon émotion a été telle que j'ai dû m'asseoir sur son lit, où soudain il n'y avait plus trace d'aucune peluche. Alors je tentai de me rappeler si j'avais vécu une chose analogue avec Paoletta. Mais inutile de se forcer : je ne savais même pas situer ce moment dans le temps. Quand était-elle devenue grande ? En quelle année ? Rien, ma mémoire n'avait rien enregistré. Je ne m'en étais sans doute pas aperçu. Ce trou noir m'affligeait. Quelle différence d'attention entre les deux sœurs. La vie est injuste, d'accord, seulement quand ce principe s'applique à tes enfants il devient déchirant.

En repensant à cet épisode – une épiphanie devant les strings de Giulia – j'entends une sorte de chœur dans ma tête : *Le garçon distrait ! Le garçon distrait !* C'est un air vaguement mozartien, chanté par elles. Entité plurielle et menaçante : *elles*. Elles qui savent toujours ce qui est bien et ce qui est mal. Elles qui me puniront. Elles qui finiront par me considérer comme un don Juan pédé voué à l'enfer pour tout ce bordel accumulé (*Juste là, le diable l'a avalé d'un trait*). J'entends vraiment la musique. *Mais en Espagne il y en a déjà mille trois !* Et le Commandeur : *Mille trois hommes ou mille trois femmes ?*

Je pense avoir choisi le soir de Noël justement pour ça, parce qu'elles étaient ensemble. Je me suis toujours senti contrôlé par toutes – mères épouses filles sœurs ou maîtresses – responsable de toutes – toujours en devoir de donner ou ne pas donner des explications *au pluriel.* Je ne pouvais que les abandonner en groupe, d'un seul coup. Mais ça, je ne le dirai pas, je crois sincèrement que je ne le dirai pas.

Il vaudrait peut-être mieux désolidariser l'ensemble – trop menaçant en l'état –, et imaginer un échange avec chacune. Difficile au cours d'un dîner, néanmoins je peux inventer quelque chose. Une poignée de minutes par personne, mais seul à seul.

Par exemple, je peux m'éclipser en cuisine avec Cristina pour l'aider à surveiller le risotto (fera-t-elle son risotto aux poireaux et au safran ?). Et quand ce sera prêt j'irai chercher Giulia dans sa chambre, bien sûr qu'elle sera enfermée dans sa chambre. Avant de passer à table, j'accompagnerai maman dans l'entrée pour voir si elle n'a pas oublié ses lunettes dans la poche de son manteau, de toute façon elle les oublie toujours quelque part. En fin de soirée, Ada dira certainement qu'elle ne se rappelle pas où elle a garé sa voiture, et j'irai la chercher avec elle dans le brouillard. Avec ma sœur il n'y aura besoin d'aucun stratagème, elle sera la première à m'entraîner dans une chambre vide pour me demander tout bas une chose absurde, du genre À moi tu peux le dire, tu as des ennuis avec le fisc ? Et avec Paoletta, bah, avec Paoletta je crois que je ne parlerai pas.

Un jour, il y a quelques années, Ada m'a invité à déjeuner et m'a dit : Notre fille est homosexuelle. J'ai haussé les épaules, tranquille : Où est le problème ? Elle m'a répondu : Justement, je vois que nous partageons le même avis. Puis le *vitello tonnato* est arrivé et nous sommes passés à autre chose, comme si un tel sujet pouvait être expédié ainsi, avec cette horrible civilité.

Pourquoi n'ai-je jamais eu le courage de dire à Paoletta que j'étais homosexuel aussi ? Que la multitude de femmes et de maîtresses n'était qu'une complication ultérieure qui ne devait pas l'égarer ? Pourquoi ne lui ai-je jamais dit que je la comprenais ?

Je crois que je regarderai droit dans les yeux toutes les autres, mais pas elle. Je dirai : *Je suis tombé amoureux d'un Hollandais chauve qui porte des tongs* en évitant son regard. Il me remplirait de honte.

Tandis que je marche via Manzoni, me revient soudain à l'esprit une promenade avec Camilla. Son talon s'était pris dans une grille d'égout. La grille avait mutilé la chaussure, le talon était tombé. Alors nous nous sommes penchés, à quatre pattes au-dessus de la bouche d'égout, pour sonder cet abîme. Mais on ne voyait rien, de là nous parvenaient seulement une mauvaise odeur et une évidence : son talon avait été englouti par le parcours. Camilla a jeté le reste de sa chaussure et a claudiqué jusqu'au magasin le plus proche, où elle a acheté une paire de ballerines. J'aurais dû les payer, via Manzoni tout est très cher. Cet incident, au regard de son salaire, était ruineux. Sauf qu'à ce moment précis Cristina m'a téléphoné, et j'ai oublié. Voilà, j'ai honte de ça. Pas de ma relation avec Camilla ou avec Pieter. J'ai honte de toutes mes inattentions. J'ai honte de toutes les délicatesses que je n'ai pas eues pour les autres.

Mais ça non plus, je ne le dirai pas. Elles s'amuseraient

trop à me donner raison. Elles sont perfides, mieux vaut ne pas leur prêter le flanc. Elles dresseraient immédiatement la liste des choses dont je ne me suis pas aperçu au cours de la dernière décennie. Même si je pourrais toujours lever un doigt pour les interrompre : Et vous, vous ne vous êtes pas aperçues que pendant dix-sept ans j'ai aimé un homme. L'âge de Giulia, oui. Bon anniversaire, Giulia. Mais je crois que je ne le ferai pas, non.

Pourvu qu'elles n'entrent pas dans des détails difficiles à affronter. En me demandant par exemple pourquoi j'ai quitté Ada et épousé Cristina, si j'avais déjà senti que mes désirs tendaient ailleurs. Je pourrais répondre que j'avais alors besoin d'une figure douce et maternelle, et que je n'avais pas encore compris qu'un homme pouvait l'être (et que Cristina ne l'était pas du tout). Mais je préférerais qu'elles ne me posent pas cette question.

Attention en touchant au domaine maternel. Mon Dieu. Elles aspirent toutes à être ma mère – elles se déchirent pour ça aussi –, pas la peine de me jeter seul dans la fosse aux lions. Si en plus j'avouais que la seule figure vraiment maternelle que j'ai trouvée dans ma vie est Pieter, je crois qu'il ne me resterait même pas les os.

En tout cas, trop de questions nuiraient à la synthèse que je tente difficilement d'élaborer. Ce n'est pas simple d'évoluer dans cet ensemble de gestes, réfléchis ou contraires à toute raison, qui composent une existence complexe. Comme la mienne. En outre, je préfère m'interroger seul. Quand les autres le font, cela m'irrite.

Et si c'était moi qui leur demandais quelque chose plutôt ? Missile antiaérien, bang ! Par exemple, pourquoi n'ont-elles jamais rien soupçonné. Ada au fond aurait pu deviner : quand je lui confiais mes fantasmes, il y avait toujours des hommes au milieu. J'étais carrément excité si, avec sa cruauté habituelle, elle essayait de séduire quelqu'un de plus jeune en ma présence.

Jusqu'à cinquante ans, Ada s'est vraiment démenée. Je peux le dire avec certitude non seulement parce qu'elle me racontait tout (tant en qualité d'épouse que, par la suite, en qualité de meilleure amie), mais encore parce qu'à la fin du mois elle s'amusait à faire un bilan, qu'elle notait dans un petit agenda en cuir bleu – octobre : huit ! contre les cinq de septembre : bon, c'est pas mal –, pendant ce temps je m'occupais des vrais comptes, avec mon triste cahier noir, dans lequel je notais les dépenses, facture après facture – ce mois d'octobre, six cent mille lires économisées, en considérant que nous étions à moins un million fin septembre : bon, c'est pas mal.

Puis est arrivée la ménopause, et elle a commencé à ne penser qu'à son travail. Du jour au lendemain. Non qu'Ada n'ait pas pensé *uniquement* à son travail avant aussi, entendons-nous. Le temps qu'elle consacrait à ses aventures était en substance celui qu'elle gagnait en ne se consacrant pas à nous. Pourtant, j'étais inquiet quand même. En reportant toute son énergie sur ses livres et ses articles, elle avait perdu cette fierté qui la rendait si forte, en somme différente des autres. Elle écrivait deux lignes et s'empressait de me les faire lire. *Selon toi, ça fonctionne ?* Elle ne pouvait que recevoir des déceptions de cette nouvelle phase de son existence, humaine et professionnelle.

Pendant un moment je me suis demandé quel homme l'avait détruite ainsi, ce n'était pas facile de lui enlever son assurance. Que lui avait-il fait, ce maudit connard ? J'étais prêt à lui casser la gueule. Puis j'ai compris qu'aucun homme, même le pire, n'aurait pu l'anéantir autant que son propre corps. Dont elle ne s'occupait pas du reste, parce qu'elle était habituée à être belle de toute façon. Elle se fichait des crèmes, des régimes, des salles de sport. Des choses pour ceux qui avaient du temps à perdre. Puis, peu à peu, je l'ai vue explorer des parfumeries et des pharmacies, s'inscrire à la piscine, renoncer à une sauce carbonara. Vieillissait-elle ?

Je n'avais pas le courage de le lui dire – précisément à ce moment-là –, combien de temps faut-il aux gens pour comprendre que la partie triomphante de leur existence est finie ? – je n'avais pas le courage de lui dire que de mon côté je faisais tardivement la découverte de moi-même. Finalement, nos vies sont juste des histoires de changements qui se confrontent ou s'affrontent.

Cristina a beaucoup plus d'excuses. Si elle ne s'est jamais posé de questions, ce n'est certainement pas de sa faute. Quand je la courtisais, je venais de rencontrer Pieter et je craignais tellement que quelqu'un découvre quelque chose que je faisais tout pour brouiller les pistes. Pas seulement en répandant mes spermatozoïdes au-delà des limites étroites d'un préservatif. Tandis que j'éjaculais bien loin de moi-même, en pensant secrètement à quelques millilitres de sperme dans ma bouche – Bon anniversaire, Giulia –, mon état d'alerte était tel que j'étais devenu homophobe.

Cristina était indignée, elle me sermonnait. Je t'interdis de dire encore Ton cousin pédé. Puis elle levait son index, pour que la leçon soit bien claire : Mon cousin s'appelle Aldo et j'apprécierais que tu te souviennes de son nom, merci. Ses sourcils relevés effleuraient sa frange, et dans sa colère elle respirait seulement par le nez, gonflant monstrueusement les narines.

Quand elle m'a annoncé qu'elle était enceinte, j'étais tellement effrayé que j'ai disparu de la circulation pendant un mois. Je ne voulais plus voir aucune de mes femmes, pas même ma mère. Ce mois a été un des plus beaux de ma vie. Mais ça non plus, je crois que je ne le dirai pas.

La vérité est que j'avais davantage peur d'Ada que de mon homosexualité. J'ai mis plusieurs années à comprendre que ma survie ne dépendait pas de son approbation. Pieter m'a aidé dans cet exténuant parcours d'émancipation. Il me disait C'est facile, imagine que tu es une féministe. Il trouvait toujours un moyen de me faire rire.

Avec Pieter, durant cette période, mon comportement a été pire encore. Je me suis d'abord manifesté à l'improviste et simplement pour lui dire Je suis dans la merde, j'ai mis une fille enceinte, bon Dieu, je suis vraiment un connard. Il est resté silencieux un instant, puis m'a répondu Je suis traducteur, pas cascadeur. Mais il a pris un avion (il vivait alors à Cuba, toujours pour cette histoire de chaleur) et m'a rejoint à Milan. Neuf heures de vol pour me caresser la tête et me faire retrouver ma bonne humeur : Sois tranquille, je prends la pilule.

Il a tout de suite loué un petit appartement pour nous. Et après on dit que seules les femmes ont le sens pratique. Il soutenait que les hommes se sentent perdus sans un toit, pas sans une femme. Cependant j'étais également effrayé par une cohabitation avec lui et, quand je le voyais dépenser pour aménager un appartement dans lequel je n'étais vraiment pas sûr de vouloir habiter, mon angoisse montait. Tu sais, je ne vais pas rentrer chez ma femme s'il n'y a pas de lampe sur la table de nuit, disais-je. Et lui : Quelle femme ?

Tout était si facile avec Pieter. Pas d'engueulades, pas de revendications, pas de culpabilité. N'imagine pas que c'est toujours comme ça avec les hommes, expliquait-il, j'ai vécu avec des gens qui m'envoyaient leur ordinateur à la figure. Tu ne t'es jamais demandé pourquoi j'ai pris l'habitude de sauvegarder chaque heure de travail sur une clé ? Tout était merveilleusement facile, néanmoins je n'y arrivais pas. Et un jour je me suis enfui de chez lui aussi. Le jour le plus difficile de ma vie. Je voulais rentrer chez moi et ne savais pas où rentrer.

Quand j'ai dit à Ada que Cristina était enceinte, elle s'est assise dans mon fauteuil (le mien et celui du chat) et s'est allumé une cigarette. Puis elle m'a demandé quelques semaines pour se trouver un appartement, car celui que nous habitions était à moi. Elle ne voulait rien, juste signer les papiers du divorce et récupérer ses affaires. Paoletta avait déjà dix-sept ans, l'année suivante elle s'inscrirait à l'université, à Bologne ou à Rome, et irait vivre avec d'autres étudiants. En somme, il n'y avait pas de problèmes. Quelle femme, ai-je pensé.

Ada a trouvé un appartement qui lui plaisait, nous nous sommes séparés assistés par le même avocat, de toute manière il n'y avait aucun point de litige, et Cristina, qui avait désormais un ventre énorme, est venue s'installer chez moi.

Autour du huitième mois, même si Cristina avait du mal à marcher et à rester assise, nous avons décidé de partir en week-end à la montagne pour voir les cerfs en amour. Ada devait encore récupérer quelques livres et un vieux bureau, je lui ai donc dit qu'elle pouvait en profiter pour passer, de toute façon nous ne serions pas là.

À notre retour de Suisse, mon appartement était complètement vide. J'avais l'impression d'être un personnage de cette nouvelle d'Alan Bennett, *La mise à nu des époux Ransome*, quand le couple rentre du théâtre et découvre que tout a disparu dans son appartement : même la moquette, les plafonniers, le papier hygiénique (avec le porte-rouleau), jusqu'à la marmite qui était dans le four (avec le four). Les voleurs ont *tout* emporté. Sur le moment j'aurais volontiers pris ce petit livre et lu à Cristina quelques passages – pour la faire rire, au moins – si seulement Ada n'avait pas embarqué ma bibliothèque, avec son contenu. Cristina, incrédule, entrait dans une pièce et se mettait à crier : Mon Dieu, il n'y a plus de lit ! Puis une autre pièce, toujours avec sa démarche titubante à cause de son gros ventre : Elle a embarqué le canapé ! Des hurlements dans la cuisine : Il manque le frigo, oh non ! Les maniques et les cuillères en bois, tout avait disparu : Ada n'avait pas même laissé la brosse des toilettes.

Cristina voulait s'asseoir quelque part pour pleurer, mais il ne restait pas une seule chaise. Alors elle pleurait debout, le dos contre le mur. Il faut quarante jours pour recevoir un meuble, sanglotait-elle, et je dois accoucher dans trente jours. Je refuse de passer le dernier mois à l'hôtel, je refuse.

Voilà, je suis devant la Scala. Je voudrais m'arrêter un instant. Elle m'a manqué. Je me rappelle quand j'y allais avec ma mère et ma sœur. Maman nous avait appris que pendant l'opéra il fallait se taire, qu'il était interdit de tousser ou d'éternuer, alors je m'amusais à pincer Chicca pour voir si elle arrivait à ne pas crier. Chicca était stoïque, elle supportait n'importe quelle provocation. Sans doute parce qu'elle avait peur de se faire remarquer. Les rares enfants présents, surtout pour écouter Wagner, portaient des habits en velours bleu, avec d'énormes cols en dentelle. Ma mère était une avant-gardiste, elle affirmait que c'était bourgeois d'aller à la Scala en tenue de soirée, que seule la musique comptait. En réalité, comme elle avait beaucoup de goût, nous étions malgré tout élégants, à notre manière, mais les gens ne le comprenaient pas. C'étaient seulement les années soixante. On nous montrait du doigt en disant Regardez les Fumagalli, pauvres petits.

Papa était mort depuis peu – il n'aurait jamais permis certaines choses – et au lieu de le regretter, ma mère semblait se venger. Son travail de deuil consistait à faire tout ce qu'il n'aurait pas approuvé. Je crois que c'est ainsi qu'elle est devenue une grande designer. Toute cette mentalité bourgeoise qu'il lui imposait, maman lui a dit au revoir à l'enterrement, d'une poignée de main éduquée. Elle a joué son rôle de veuve jusqu'au bout, au sens où elle a remercié jusqu'au dernier signataire de l'album en cuir ouvert à l'entrée de l'église, avec deux lignes sur un petit carton couleur crème. En somme, elle est allée jusqu'au point où mon père estimait qu'il était nécessaire d'aller dans la vie d'un homme. Puis, vu que la vie en question était finie, elle a continué librement de son côté.

Pour ma sœur, cette indépendance de notre mère était clairement un problème. Ainsi que sa renommée. Quand on lui demandait, à l'école, quel métier faisaient ses parents, elle écrivait *Papa : décédé. Maman : femme au foyer*. Dès que les maîtresses s'apercevaient du mensonge, elles exigeaient des explications et Chicca répondait : Designer est un mot *étranger*, je ne savais pas *comment l'écrire*.

Le lendemain de la mort de mon beau-frère j'étais à la Scala, et je ne me le pardonne toujours pas. J'aimais bien Piero, ça me semblait être la meilleure façon de lui dire au revoir. Je lui aurais rendu hommage en écoutant Chopin raconté par le duo Abbado et Argerich. Difficile de faire mieux.

C'était sans compter que tout le théâtre parlait de ma sœur. Je ne savais pas comment la défendre ni comment me défendre. Ce n'était pas vrai qu'elle n'avait pas remarqué qu'il était dépressif – ce n'étaient que des légendes urbaines pour animer les entractes dans le foyer. Au contraire, Francesca était chez elle lorsqu'il s'est suicidé, précisément parce que cela faisait des mois qu'elle n'avait plus le courage de sortir. Elle avait trop peur, et vivait avec l'angoisse que même une minute puisse être fatale. Elle savait que quand on veut mourir on y arrive tôt ou tard. Une psychologue, tu parles, disaient les gens en ricanant, son mari s'est pendu dans la salle de bains alors qu'elle était au téléphone.

J'ai pris Ada par le bras. Sortons, ai-je ordonné. Ada répondait rarement aux ordres, ce soir-là cependant, elle n'a pas protesté, elle était plus angoissée que moi. Nous nous sentions si stupides et si naïfs d'avoir imaginé pouvoir pleurer quelqu'un un peu mieux que d'habitude. Nous courions main dans la main, pleins de colère, sous la pluie, loin du porche néoclassique. Encore en tenue de soirée, nous avons fini par aller pleurer dans une pizzeria. Un fil de mozzarella au coin des lèvres, mêlé aux larmes qui avaient coulé jusqu'à sa bouche, Ada tirait ses conclusions : Des gens de merde.

Au temps de notre mariage, la Scala représentait un triomphe. Ce théâtre est le thermomètre de ton succès. Tu es invité ? Alors tu es important, à Milan ou dans le monde (Milan est souvent convaincue d'être le monde, la première option suffit donc). Tu n'es pas invité ? Cela signifie que la ville te considère comme un moins-que-rien. Tu n'es personne, ciao. Nous y étions.

Mais, dans la loge gracieusement offerte par le service de presse, genou contre genou, Ada et moi ne nous donnions pas la main. Car ma femme réussissait toujours à ramener un de ses amants. Qui pouvait être un homme de pouvoir, impliqué dans les destinées de ce même théâtre, ou un gamin conscient d'entrer ici uniquement grâce à elle, et que cela ne se produirait jamais plus.

Quand j'ai épousé Cristina, je ne suis plus allé à la Scala pendant quelque temps. Cela me gênait d'emmener à l'Opéra ma nouvelle femme sous les yeux de la précédente. Pour Cristina c'était un drame. Elle me jetait les invitations au visage, furieuse : À qui vas-tu offrir ces places pour *La Traviata*, hein ? Et moi : Je t'ai emmenée voir *La Traviata* il y a un mois à peine au Met, pardon du peu. Alors elle, les lèvres tremblantes : Ah bien sûr, ce serait comme d'aller chez Ada, j'oubliais que la Scala est *à elle*, peut-être que notre balai de chiottes est là-bas d'ailleurs.

Une fois le problème dépassé – suite à une intervention d'Ada : Pourquoi tu ne viens plus au théâtre ? Tu n'imagines tout de même pas que je suis sensible au point de souffrir en te voyant avec celle-là ? – plus personne ne m'invitait. J'étais tombé en disgrâce. J'ai passé ma vie à raconter Milan, et Milan a fini par se lasser de moi. J'ai compris qu'elle ne voyait plus mon utilité lorsque j'ai commencé à aller à la Scala en payant ma place.

J'ai invité mes filles une seule fois : ensemble. Je voulais les emmener écouter la *Septième* de Beethoven, cela me semblait digne de l'occasion. Elles m'ont planté toutes les deux. La petite parce qu'elle avait une fête (Tout le lycée y va, comprends-moi, papounet, je t'en supplie, pas la Scala, s'il te plaît, non), et la grande parce que c'était la première fois que je l'invitais au théâtre, et ce geste était à ses yeux posthume (Tu as toujours invité tout le monde sauf moi, j'en ai souffert terriblement, maintenant c'est trop tard : ça ne m'intéresse pas d'y aller avec toi).

Ce soir-là, ayant deux places en trop, refusées par mes filles, j'ai proposé à Pieter de m'accompagner. Il a ri, avec une sublime simplicité. La simplicité que savent trouver seulement les personnes vraiment tourmentées. Il m'a répondu : Je pourrai mettre ma main sur ta cuisse dès qu'il fera noir ?

Je jette un œil au fronton, pour voir si le char du soleil est toujours poursuivi par la nuit. Oui, oui, la course continue : je peux avancer tranquille. Je laisse derrière moi le théâtre où s'est jouée à peu près toute ma vie, et reprends mon chemin.

Jusqu'à il y a peu de temps, j'associais la marche à la pensée et à l'écriture. Du reste, il n'est pas de mouvement humain plus intellectuel, et toute la littérature autour de ce thème le prouve. Notre pas révèle le type de curiosité que nous avons pour le monde, nous ne pouvons pas mentir à nos pieds. Moi, par exemple, je suis un flâneur, et je me reconnais dans une tradition précise. Je ne suis pas ambitieux, les objectifs ne m'intéressent pas, je préfère me perdre avant d'y arriver, découvrir un nouveau chemin par hasard, me distraire pour émouvoir mon attention.

Mais, dernièrement, grâce à Pieter, je me suis aperçu que cette métaphore peut être élargie. Il n'est pas nécessaire de la vivre de manière si solitaire. Marcher ensemble, par exemple, est un dialogue. Comme tout dialogue muet, tout dialogue purement physique, cela nous confronte à une vérité, même quand on ne veut pas la voir. Si on y fait attention, notre façon de marcher aux côtés de quelqu'un dit tout de la relation que l'on entretient avec cette personne. Il y a celui qui est trop nerveux et qui reste toujours quelques mètres devant nous, même si on lui court après. Celui qui se fatigue, s'arrête, traîne et, en nous tenant le bras, nous freine. Celui qui s'appuie, parfois sans s'en rendre compte. Celui qui nous bouscule sans cesse de çà de là, parce qu'on ne sait pas garder notre trajectoire. Et celui qui a notre pas.

Quand on identifie son égal en marchant avec lui, on ressent une sorte de décharge électrique qui part de l'asphalte et arrive droit dans notre tête, nous traversant intégralement. C'est un petit court-circuit qui a valeur d'une épiphanie : on a sans doute appris un élément nouveau sur la relation. Parfois, le rythme commun est si naturel qu'on en oublie que l'on marche avec l'autre. On y pense seulement quand on a besoin de prendre quelque chose dans notre poche, alors on se rappelle que notre main est occupée à tenir celle de l'autre. On se tourne, on a du mal à le croire, on a besoin de vérifier. Effectivement : on n'est pas seul, une personne avance avec nous. Un sourire pointe, on est un peu surpris.

La direction ne compte pas, ni l'esprit de la marche. On peut être un flâneur et l'autre peut avoir besoin d'un but. Si le rythme fonctionne, l'échange peut commencer. Une fois on fixe une destination, la fois d'après on se perd ensemble, pourquoi pas. Après tout, pour construire une belle démarche de couple il faut traverser des terrains différents, et pas forcément métaphoriquement : glisser ses pieds dans le sable, affronter des sentiers tortueux de montagne, trottiner dans le froid pour rejoindre un restaurant ou traîner paresseusement dans le centre d'une ville pour faire passer l'après-midi. Sauter dans les flaques d'eau, transpirer dans la canicule estivale, se soutenir quand on glisse, descendre en se donnant le bras au moins un million de marches. Si on ne s'ennuie pas en marchant avec quelqu'un en silence, alors on a vraiment des choses à dire à la personne à nos côtés.

J'ai compris que je devais m'en aller – loin de toutes mes femmes – quand je me suis rendu compte que je n'étais pas libre de pleurer chez moi. Les adultes n'éprouvent pas si souvent le besoin de pleurer. Arrivés à un certain âge, on est presque un peu déçus par cette incapacité – mais comment donc, *je souffrais autrefois* –, au lieu de ça, les gens se déssèchent.

La vraie douleur, la douleur aiguë, ne dure pas. Elle explose là où elle explose, et on n'y peut rien. On n'a certainement pas le temps de choisir un lieu adapté. Si par exemple on se trouve à Rome devant le Panthéon et que ça arrive là, notre rapport avec le Panthéon changera définitivement. La douleur nous relie aux lieux où on l'éprouve, peu importe si ce lien est aléatoire.

Quand j'ai eu les résultats de l'IRM de Pieter, j'étais devant Sant'Eustorgio. Parfois, le ciel de janvier diffuse une douce lumière, presque printanière, surtout en début d'après-midi. J'avais besoin de pleurer, mais je ne voulais pas le faire en public, devant la façade d'une église. Et à cet instant, je me suis rendu compte que je ne pouvais pas le faire chez moi. Je devais prendre une chambre d'hôtel pour pouvoir pleurer.

J'ai mis du temps à la choisir. D'un côté je n'avais pas envie de payer une somme folle pour pleurer quelque part, et de l'autre cela m'ennuyait de pleurer dans un endroit moche, j'aurais eu le sentiment de diminuer la valeur de ces pleurs, si graves, si rares. Cependant, je ne pouvais pas demander Montrez-moi une chambre pour que je sache si je peux pleurer dedans ou pas. Lorsque je me suis retrouvé à marcher dans la rue, mon portable en main, pour lire sur TripAdvisor les descriptions des hôtels alentour – les alentours de chez moi ! – j'ai eu un déséquilibre presque structurel. Je devais m'asseoir un moment. Alors j'ai cherché un banc et, affalé là, je crois avoir pensé qu'il était très injuste de ne pas avoir un endroit où pleurer.

Entre-temps, le besoin m'était déjà passé, mais je cherchais encore un hôtel. Par lassitude, j'en ai choisi un au hasard près de la Darsena, j'ai payé beaucoup trop cher pour une chambre simple avec des rideaux prétentieux et un horrible couvre-lit en satin. Ça puait le renfermé et l'ampoule de la salle de bains était grillée, toutefois je n'ai pas protesté. Un climatiseur jauni soufflait bruyamment de l'air chaud parce qu'il n'y avait pas de radiateurs. Au lieu de pleurer, j'ai allumé la télé.

Malgré mes erreurs, mes absences ou la grande présence que j'ai cachée si longtemps, au fond je les ai vraiment aimées, je les ai aimées toutes. Avec plus ou moins de patience. Et je me suis toujours senti aimé par elles. Ça aussi, c'est important. J'ai même été heureux, par moments. Tellement heureux que j'ai compris les limites du bonheur. Sur le mur en face de mon bureau j'ai accroché une citation de Flaubert, elle dit que le bonheur est un usurier qui nous fait rendre cent pour dix. Je crains que Flaubert ait raison.

Le bonheur existe mais on doit lui donner quelque chose en échange, c'est le problème. Il n'est pas gratuit. En échange de sa lumineuse présence, en général, il ne veut qu'une seule chose : une partie de soi. Peu importe laquelle, pourvu que ce soit une partie importante. Je lui ai donné une partie de moi, au bonheur – pendant plusieurs années –, mais les parties de soi ne peuvent pas se donner éternellement. Tôt ou tard elles aussi demandent quelque chose. Et c'est là que l'on commence à rembourser, avec les intérêts.

J'ai longtemps pensé que cette partie de moi était l'écriture. J'essayais toujours de me faire pardonner, comme si c'était un défaut congénital. Un écrivain est quelqu'un qui n'est pas là, et je me sentais coupable de cette absence constitutive. J'étais absent, même sans bouger de la maison. Si je tentais d'être vraiment là, j'avais la sensation que ma vie se transformait en une grande fête où on n'arrive pas à échanger un seul mot avec ses invités. Et cela me semblait pire.

Le secret se situe probablement dans le rapport qu'on instaure avec sa propre solitude : plus il est solide, plus il est mûr, plus on peut se permettre des ouvertures et plus il faut le défendre, paradoxalement. Seulement, on le comprend tard, en vieillissant. On apprend à vivre quand la vie se termine, voilà l'escroquerie.

En tout cas, dès que j'ai ajusté le tir et trouvé un équilibre entre ma vie et mon écriture, le bonheur – qui est sadique, en plus d'être un usurier – m'a fait comprendre que la partie de moi qu'il voulait en échange *n'était pas celle-là*.

Quand le coup fatal est arrivé, j'étais déjà un porte-avion touché. J'avais perdu trop d'amis. J'entendais encore les bombardements en piqué de la mort à mes côtés : terribles et somptueuses fontaines. La mer avait explosé maintes fois autour de moi, sans jamais me faire couler. Je fixais la proue en flammes, bouleversé.

À ce moment précis, cependant, j'ai réagi. Non seulement je voulais éteindre l'incendie mais, à ma grande surprise, je me posais également des questions de nature pratique, avec la froideur dont on fait preuve pour résoudre les problèmes en cas d'urgence.

Je pensais que je devais mobiliser toutes mes forces pour aider Pieter à guérir, que je ne pouvais accepter de laisser mes femmes les *consumer*. Qu'il fallait éviter les discussions et les explications, sinon je ne serais jamais parti. Or, je voulais emmener Pieter dans un endroit chaud, et tout de suite.

Le plus difficile était de combiner le climat auquel nous aspirions avec un système sanitaire fiable. Pas la peine de défier les mythologies communistes en allant te faire soigner à Cuba, où il faut soudoyer tout le monde pour obtenir des médicaments, tandis que ceux qui ne peuvent soudoyer personne meurent à côté de toi. Le Brésil ? Mais comment y arriver sans laisser de traces ? Ce ne sont pas des frontières que tu franchis la fleur au fusil, avec un faux passeport acheté chez les Chinois qui réparent des ordinateurs en dessous de chez toi. Ainsi, nous nous sommes finalement repliés sur la Sardaigne. Un ami de Pieter connaissait un bon médecin à Cagliari, nous nous en sommes remis au mistral et à lui.

Au début, tout était exaltant. Nous avions trouvé une petite maison avec des poutres apparentes et une magnifique terrasse *pieds dans l'eau**. On s'endormait bercés par le chant de la mer, l'eau semblait écumer sous le lit, le ressac siffler sous le sommier. Quand le vent se levait, le bruit était impressionnant, presque inquiétant, et pourtant reposant dans son énormité, la sensation d'être lovés dans la main d'un géant.

La bruine semait de la rouille partout. Comme une amante envahissante et exigeante : elle dévorait. Les poignées de porte, les robinets, la douche, même les couverts. Elle ne pouvait caresser un couteau sans y laisser une traînée de taches rouge sombre. Nous aimions sa convoitise. Tant pis si nous n'arrivions plus à fermer les volets.

Nous étions troublés par notre rapport physique avec le vent. Le sirocco qui accable et réveille en même temps de vieux fantômes, tel un croque-mort, le sirocco qui débilite le corps pour mieux agiter l'âme. Et le mistral qui gifle, qui griffe presque la peau. Mais quelle merveille de prendre part à leur jeu. C'était un honneur pour nous.

Nous passions des heures sur la terrasse pour apprendre à

connaître les humeurs de la mer, à distinguer le vert doré qui nous disait qu'elle passait un après-midi tranquille du vert foncé qui traduisait sa colère. Hypnotisés par le turquoise qui s'échappait soudain d'un banc de sable et par l'azur qui cernait l'écume dans la tempête. C'était une vie au milieu des agaves et des cormorans, traversée uniquement par les barracudas, flèches argentées qui illuminaient nos nuits comme les étoiles filantes. C'était une vie complètement irréelle.

Ainsi, quand le propriétaire qui nous a loué la maison nous a proposé de l'acheter, nous avons connu une crise. Un après-midi, Pieter a posé une main sur mon bras et m'a demandé Tu as peur que je guérisse, pas vrai ? Naturellement, j'ai protesté. Qu'est-ce que tu dis, enfin, qu'est-ce que tu dis. Mais il se moquait de mes protestations. Alors sache que je ne voudrais en aucun cas m'installer ici *définitivement*, a-t-il continué. D'une certaine manière il me disait Mon cher, je suis encore vivant et j'ai les peurs des vivants, qu'est-ce que tu crois. L'idée d'une cohabitation m'effraie autant que toi, et la rouille n'a rien à voir là-dedans. Je l'ai regardé et mes yeux se sont remplis de larmes. Il a pointé son index sur moi : Je refuse que la maladie nous enlève aussi le plaisir de nous disputer. Mais tu n'as jamais aimé les disputes, lui ai-je rappelé. Justement, m'a-t-il répondu, ça pourrait finir par me plaire, on ne sait jamais.

Me voici arrivé. Je suis au 8 via Circo. Je n'ai plus qu'à poser mon doigt sur le bouton de l'interphone, celui où est écrit Fumagalli, prendre l'ascenseur, m'arrêter au troisième étage et regarder en face la porte de chez moi. Bien que je doute que ce soit encore chez moi. Je ressens toutefois le besoin de recomposer mon monde l'espace d'un instant. Il doit exister une harmonie possible pour qui a aimé sincèrement.

Je lève les yeux et vois que la fenêtre du troisième étage est éclairée. Je vois des ombres dans la salle à manger. Je crois qu'elles m'attendent. Et je suis très, très en retard. La générosité de leur attente me touche, pourtant je n'arrive pas à lever la main – elle est cachée dans ma poche –, je n'arrive pas à pointer le doigt sur mon nom.

L'espace d'un instant, j'imagine mon nom entre parenthèses, avec un point d'interrogation. Tous les interphones ont quelque chose de certain, les interphones sont par nature une affirmation de l'existence de quelqu'un et ça me contrarie un peu. Il y a les Fontana, les Colombo, les Ferrari. Des gens qui existent, c'est écrit. Ceux qui mettent juste leurs initiales sont encore plus sûrs d'exister, ils peuvent s'accorder la discrétion. Ce sont des personnes convaincues qu'il est suffisant de prononcer deux lettres pour savoir à qui elles correspondent. Ceux qui utilisent les numéros sont pires encore. Ils n'ont pas peur de te dire Considère-moi donc comme un code à quatre chiffres – mais fais en sorte de t'en souvenir, parce que je ne vais pas le répéter.

Nous sommes tellement nus devant un interphone. Les noms peuvent même durer plus que nous, c'est un scandale. La voisine du dessous est morte il y a cinq ans, les héritiers ont loué l'appartement et sur le bouton on lit encore Valeria Leone. L'identité ne me plaît pas parce qu'elle nous dépasse. Elle se vide de nous puis s'en va de son côté. Moi, cette indépendance me révolte. En aucun cas je ne voudrais être un Vittorio Fumagalli qui habite 8 via Circo si je suis mort depuis cinq ans et que, dans mon appartement, vivent deux Japonais. Je ne trouve pas ça juste. Quelle diabolique paresse empêche un gestionnaire de copropriété ou un héritier insensible de me libérer d'un interphone ?

Quand ma sœur s'est retrouvée veuve, j'ai essayé pendant quelque temps de me rapprocher d'elle. Avec une excuse ou une autre – par exemple que je n'arrivais pas à travailler parce que Giulia pleurait jour et nuit, chose assez vraie d'ailleurs –, je prenais quelques livres et je passais des après-midi entiers chez elle. C'est comme ça que je me suis aperçu qu'elle parlait toute seule. Au début, je n'y prêtais pas attention, puis j'ai décidé de tendre l'oreille. Je voulais comprendre. Ma sœur disait des choses étranges, du genre Ce bain moussant au santal dure plus longtemps que toi, et tu ne l'aimais même pas. Et ce peignoir effiloché, quand je pense qu'on voulait le jeter. La minuterie du four aussi, qui était cassée. Elle a été réparée, la minuterie. Puis, toujours d'un ton rancunier, elle répétait Tu trouves ça normal ? Tu trouves ça normal, hein ? Alors un soir, avant de partir, timidement je lui ai demandé si elle voulait en parler. Elle m'a regardé étonnée, comme si je l'interrogeais sur une évidence : Ça ne t'arrive jamais, à toi, de te disputer avec les morts ?

Je ne veux me disputer avec personne, moi, ni avec les vivants ni avec les morts. Je veux juste que Pieter guérisse, rien d'autre. Et je le veux au-delà de la peur qu'éprouve l'être humain à l'idée de lier son propre futur à quelqu'un. Les autres scénarios ne m'intéressent pas, je ne les supporterais pas. Pour l'heure, je ne peux même pas essayer d'imaginer qui je serais s'il n'était plus là. J'ai fait trop d'efforts pour comprendre qui j'étais alors qu'il était là.

Comme toutes les personnes en difficulté, je raisonne au jour le jour. Aujourd'hui je suis là, devant mon nom gravé sur un interphone en laiton, et je dois presser mon doigt dessus. Ce qu'il faut dire ou ne pas dire lorsqu'elles auront ouvert la porte, c'est un problème à affronter dans un second temps.

Mais est-ce encore mon nom ? Enfin, j'ai tellement changé, pourquoi cet interphone n'en porte pas la trace ? Les traits se gonflent ou se flétrissent, les paupières pèsent sur les yeux, les rides se creusent autour de la bouche, un front se marque à chaque inquiétude, tout passe par notre visage. Pourquoi un nom sur un interphone en sort toujours indemne ? Je ne peux pas sonner là – je ne me reconnais pas. Je suis désolé pour mes filles, pour mes femmes, pour ma mère et ma sœur, même pour mon amie Camilla – mais je ne peux pas. Je ne peux vraiment pas. Ce Vittorio Fumagalli pourrait être n'importe qui. Je presserai le doigt sur mon nom gravé dans le laiton quand j'aurai compris à qui il appartient.

Composition : Nord Compo
Achevé d'imprimer
par CPI Firmin-Didot
à Mesnil-sur-l'Estrée, en mars 2020
Dépôt légal : mars 2020
Numéro d'imprimeur : 157698

ISBN : 978-2-07-279151-2/Imprimé en France

334576